邪門

謀殺案

馬菲｜著

人間 X 靈界

冤魂索命，靈媒相助，連神明也看不過眼！

離奇命案無窮無盡的邪
人類心底無邊無際的惡

第三章　美國邪案

自序

從鬼故到奇案，原來已經將近八年光景，猶記得最初跳出救護工作的框框，決定投身寫作時，接受了某報的訪問，片段在網上公開後，見留言區有人訕笑，認為我不自量力，說我很快就會靈思乾涸，隨時做個一書作家，到時想回頭做救護員就難矣。

如今屈指一算，《邪門謀殺案》應該是我推出的第廿二本書了，不敢說洛陽紙貴，總算有一席位，承蒙大家錯愛，在書局的架上總有一角預留給馬菲的書，於願足矣。

寫鬼故和奇案的好處是，在浩瀚的世界中，總有源源不絕的新故事；而壞處則是，當你奇案看多了，就會發現人心底裡無窮無盡的惡，而人類總是沒有學精，重複犯錯。

真人真事的鬼故事，我是沒法在短期內大量提供，有些點滴會在本書裡分享。奇案很多，我會盡力搜羅當中我認為大家有興趣的，跟大家一起探討。上一本《靈異謀殺案》口碑不錯，成績尚可，希望今次《邪門謀殺案》亦能錄得佳績，唯盼各方讀者支持，不勝感激。

在近幾本書都會提到，現在賣書越來越困難，也怕說多了讀者嫌煩，奈何這是事實，當然市場幾差都好，總會有人一支獨秀，但行家都知道，無論出版社又好、作者又好，很多都在刻苦經營。

說來說去，銷路行先，各位不用像文首提到的網友般擔心我會靈感枯竭，只要你們盡一分力把銷路推高，我自然就會繼續寫下一本書的了，我連下一本書的書名都想好了，就叫《靈幻搜奇》。

事緣早些時我跟網友提起洛查丹馬斯，說現在的人都不知他是誰了，原因可能是他的預言在1999年後過了保質期。我這才發現，原來奇人怪事都會過期。

但回心一想，也是正常，江山代有人才出，靈幻之事一樣日新月異，或者我可以搜羅一些靈幻新奇事，又或剖析一下過去炙手可熱的話題為什麼在近年冷卻下來。總而言之，新書不差內容，就差你的支持罷了。

在此，再一次感激大家。現在，請翻到下一頁，好好享受這本《邪門謀殺案》，我有信心，你不會失望。

人間

間

X

靈界

第一章

港台靈案

殘殺女童無血性
五鬼復仇害人命

去年寫的《靈異謀殺案》由於前半部的個案都來自台灣，有些讀者還以為是台灣出的書，又以為我都只寫台灣的個案，其實後半部都是來自世界各地不同的案件，當中也有提到香港。

我不主力寫香港個案的原因有很多，其中一個就是珠玉在前，總覺得香港奇案文壇有翁靜晶小姐坐鎮，我只要多寫幾個也是班門弄斧。

然而，好些讀者還是希望我講一些香港的謀殺案，於是我就挑了幾個我覺得邪門十足的和大家分享。

或者你會覺得耳熟能詳，就當溫故知新，細看接下來的個案。

有無聽過「五鬼運財」？你相信世上真有這種法術嗎？我以前寫的鬼故事中就有談過，我是相信真有其事的。新讀者

可能會奇怪，這個作者怎麼了？是的，一般寫奇案書的作者都是比較著重科學查案、邏輯推理、法醫分析等，我則會談到靈異邪門之事，希望人不做的我來做，闖出一條新血路。

五鬼運財術，以一般人的理解，就是驅策小鬼掩人耳目、亂人心神以圖利的邪術，求財為主，鮮有害命，不過這始終是邪術，術者被小鬼反噬，時有聞之，隨時喪命，也不出奇。

今次提到的可是比「五鬼運財術」邪門凶險得多的「五鬼復仇術」。要施行此法，術者要先以五枚鐵釘釘著復仇對像的照片，然後再奪取五名被紅繩綑綁之人的生命，這樣五隻冤死鬼就會永遠纏著中咒之人。這聽來就要比五鬼運財邪門得多，因五鬼運財是養鬼，不用動刀動槍去殺五個人讓他們變鬼的。至於是否真有五鬼復仇術，無從稽考，反正接下來提到的白沙村命案的兇手唐永強信了，還真的動起手來殺人。

唐永強是台灣人，在台灣出世，家境不俗，父親在越南經商，他是家中獨子，算是少爺。唐永強自幼性格頑劣，很難管教，人際關係不佳，朋友不多。唐永強四歲時隨家人移居越南，十五歲時因偷看家姐沖涼而被逐出家門。翌年越南戰亂，其家人避走美國，唐永強則獨自流落泰國，亦是在當時向當地巫師學法，習得邪術。

後來，唐永強試圖坐船偷渡至美國，可惜因故遭香港警方截獲，唐永強就成為了留港的越南難民。唐永強在難民營中並不安份，經常打架惹禍，看來犯罪的因子是早就植根內在，改也改不了。

唐永強之後以難民身份居留在港，任職不同工作，但沒有那份做得長，而且死性不改，經常犯案，先後留有八次案底並曾經入獄。

不倫之戀

出獄後，唐永強認識了一位年僅十四歲的少女並與之拍拖，三年後結婚生子。唐永強成家立室後，找了一份運輸的穩定工作，加上兼職，收入不俗，但他並沒有改過自新，好好做人，而是有錢身痕，在家中添置電腦，誘騙少女到家中玩樂，並對其中一名叫做樊柳珊的女子下手，跟她拍拖並發生關係，甚至邀她同居，當時樊柳珊只有十一歲。

衰十一已經夠衰，別忘記唐永強早有家室，其原配接受不了這不倫關係，提出離婚並帶走幼子。唐永強沒有挽留，反而樂得跟新戀人相宿相棲，旁人難以想像這段父女戀如何維繫，為什麼一個只得十一歲的少女會對一個做得她爸爸有

餘的男人死心塌地，有傳言這是因為她中了唐永強的邪術，真相如何卻無從得知。

說到這裡，都不過是不倫之戀，與謀殺案扯不上邊，到底之後發生什麼事呢？

時間來到2004年的12月4日，十一歲少女陳諾雯於元朗區失蹤，她失蹤前跟家人說要到元朗廣場抽閃卡，由所居住的壽富街至目的地只十多分鐘距離，原先她答應家人約一小時後就會回家，可惜家人等了又等、等了又等，等到晚上十點始終未見她回家，在聯絡親戚朋友及學校依然一無所獲後，決定報警求助。

警方翻查元朗廣場的閉路電視，發現陳諾雯真有如她所說的曾前往文具店抽閃卡並買文具，其後隨一名男子離開商場，自此就如人間蒸發般消失於世上。

警方調查十多日後依然無果，陷入僵局之時又傳來同區另一少女失蹤的消息，只有十歲的嚴佩珊於12月19日放學後失蹤。警方發現兩宗少女失蹤案的模式極為相似，懷疑兩名少女遭同一人誘拐，並認為犯罪者是慣犯，並活躍於元朗一帶。消息一出，元朗區一片風聲鶴唳，很多家長都怕自己家中小孩是下一個目標。

少女失蹤，生死未卜，形勢危急，刻不容緩。當時警方增加人手，翻看大量元朗區各處的閉路電視錄影片段，終於發現嚴佩珊曾於小巴站與一名男子攀談，並跟他同乘一輛小巴離去。警方詢問嚴的家人，家人表示並不認識影片中的男子，而該男子正是當日偕陳諾雯離開元朗廣場的同一人，亦即是本案主角唐永強。

嫌犯有了，證據還沒，警方正想作更深入調查之際，翌日就接報一宗駭人聽聞的大案，正正與唐永強有關。

2002年12月20日，警方收到樊翠瑩報案，稱其姐夫，亦即唐永強正挾持他的三名子女，要求與他移情別戀，離家出走的妻子樊柳珊見面。要不，唐永強就會引爆石油氣，來個「一鑊熟」。

等等，先前不是提到樊柳珊儼如中了邪術般對唐永強一往情深嗎？難道唐永強所下的愛情降失靈？

邪術成仙

其實樊柳珊當年認識唐永強時正值少女情竇初開時，根本未弄清楚何謂情愛，到離開了父母與愛人一起面對生活時，才發現不是單靠「愛」就足以應付。加上唐永強從來不

是什麼好男人，好賭成性的唐永強經常偕樊柳珊一起賭錢，很快就輸光積蓄，所謂貧賤夫妻百事哀，當連飯都無得開時，又如何談情論愛？

樊柳珊為了幫補家計出外打工，當上卡啦OK女公關，她的世界從此不一樣。酒色財氣，從來都最易改變人，樊柳珊見識到燈紅酒綠的世界，終於從懵懂單純的少女，蛻變成情感豐富的淑女，還另結新歡，開始視唐永強和三名子女是負累，不想歸家，只想尋找屬於她的新天地，最終一走了之，與新歡共赴同居。

唐永強對樊柳珊一走了之大為震怒，決定用當年在南洋習得的邪術向她報復，正是於文首提到的五鬼復仇術。這種法術，施術者要先用五枚鐵釘將目標的照片釘在木板上，然後殺死五名被紅繩綑綁的人，再自行了斷，這樣一來施術者雖然身死，但就能超脫三界五行，操縱五個亡靈進行報復。近年看得動漫多的朋友都知道發動術式要有一定條件，而發動這五鬼復仇術，就是被挑選中的五名祭品必須與施術者有血緣關係，咒術方成。

然而，唐永強在香港無親無故，盡殺膝下子女僅湊得三人，還未夠數，於是他便在區內尋找獵物，最終文中提到的陳諾文和嚴佩珊被唐永強虜走，慘成最無辜的犧牲品。

回到唐永強脅持子女並以引爆石油氣為由，要求見愛妻樊柳珊的現場，警方出動談判專家，奈何唐永強拒聽勸解，還當場聲稱自己的邪術已將近完成，只要最後與樊柳珊和三名子女同死，他就能成仙云云。

　　警方的心理學家認為唐永強情緒失控，不可理喻，若答應他要求，他定必會引爆石油氣，令警方進退維谷，大為緊張，不知該如何入手。

　　苦無辦法下警方決定來硬的，破門而入，唐永強見勢色不對，講到做到，馬上引爆石油氣，現場爆出巨響，火光沖天，警方進入現場後發現唐永強及三名被紅繩綁在床上的子女，眾人身上都有燒傷，幸而消防迅速將火撲熄，四人送院後都沒有大礙。

　　事後，警方徹底搜查了唐永強的住所，結果在二樓的衣櫃裡找到一被床單包裹的可疑物體，打開後發現裡頭藏著嚴佩珊的屍體，明顯已死去多時。然而，警方卻未在屋內找到另一名失蹤女孩陳諾文，遂加派人手在附近作地氈式搜查，最終在毗鄰的舊倉庫找到屬於陳諾文的一些個人物品，更找到了一包打開了並用了部份的水泥，懷疑有人用來埋藏屍體。警方及後在附近一個沙井，發現上頭有用水泥抹封的痕跡，痕跡甚新，還用棄置的空調壓在上面，十分可疑，遂請

消防帶同爆破工具將之挖開，終發現陳諾文已嚴重腐爛的屍體。

法醫證實嚴佩珊死於窒息，死後曾被侵犯。據唐永強解釋，這樣做是因為五鬼復仇術的祭品必須與他有血緣關係，姦污屍首能賦予女孩血緣關係云云。但筆者認為除此之外，唐永強很有可能本身也有戀童癖，他當日與前妻及樊柳珊一起時兩少女俱未成年。

由於證據確鑿，唐永強亦對所犯罪行直認不諱，還說自己不過是想愛妻回心轉意，而殺害女童時亦不想她們過於受苦，所以都是在她們死後才作侵犯，這樣的藉口委實讓人感到嘔心。

唐永強最終被判兩項謀殺罪成，一項謀殺未遂罪成，分別判兩次無期徒刑和一次八年徒刑，餘生都要在監獄度過，就算真懂邪術，只怕也無法作惡了。

有人因愛成恨，希望施展邪術復仇，因而害了兩個無辜女孩，委實邪門，雖說案中無靈異部份，但案發後唐永強行兇的房子卻屢屢傳出鬼故，附近的村民說不時會聽到裡頭傳出女孩哭聲，哭聲淒楚，似乎怨念甚深，讓村民無不提心吊膽。據講，該房子後來租給了一些和尚，或許出家人有為亡魂頌經超渡，自此才再無異樣。

花槽出血現雙屍
口含鑰匙狀怪異

有人說，腐屍的味道，嗅過一次，永世難忘。

筆者以前當救護員時接觸過不少屍體，當中亦有腐屍，自然逃不過要接觸他們。例如發現腐屍，就算明知已經明顯死亡，救護員還是得親自作檢查，簡單如翻轉看看正反兩面，會不會有利器刺在身體上等。腐屍散發的氣味，筆者當然也記得，不過感覺沒有別人說得那麼誇張，至少不至於會讓我嘔吐大作。我覺得這是因人而異，有些人只要看見血腥畫面就嚇得暈了，做救護員則多少有點免疫力。

這次案件的開始，是源自香港銅鑼灣伊利莎伯大廈廿六樓，兩位跟我一樣對腐屍味並不敏感的住客發現屋裡瀰漫著一陣惡臭，由於單位向海，起初兩人以為是自大海吹來的怪味，直至有天發現花槽流出血水，怪味正是從此而來，立感大事不妙，馬上報警求助。

警方接報到場，發現該單位花槽與毗鄰相連，血水應該由隔離單位的花槽流入，其實有經驗的警員單憑味道就猜出大概了。警員到毗鄰，亦即肇事單位門外拍門，可惜無人應門。向管理員查詢，聯絡屋主，知道該單位租了給一名印尼人，但已久未見他出現，無法聯繫上。

　　警方徵得屋主同意，入內搜查，除了臭氣沖天外，還發現花槽被人用水泥封起，而該花槽既深且闊，用來藏屍是綽綽有餘，此時此刻調查人員心裡已經有底。

　　翌日，警方找來工務局的職員來把水泥鑿開，但當鑿開部份水泥後，惡臭加倍湧出，中人欲嘔，工人無法繼續開鑿[1]。警方於是改為請消防協助，帶齊爆破工具，終於成功將水泥切割成多塊，慢慢將埋在裡頭的東西挖出，其間分別挖出多本中英文娛樂雜誌、啤酒罐、鑰匙、螺絲起子、鐵槌等東西，最後果然如警方所料，裡頭埋有屍體，只是沒想到不只一人，而且死狀怪異。

1　另有一說法是工人認為邪門，拒絕開鑿；亦有一說是警方怕會傷到屍體，遂要求換人。

據聞水泥被鑿開時臭味濃烈得消防員要戴上氧氣罩,附近的居民則要在家點燃檀香遮掩氣味,如此情況其實我也見過,並不出奇。

講回兩具屍體,它們被床單和被像木乃伊般包起,兩者頭腳雙對疊起,身上都穿有衣服,頸部有被勒過的痕跡,雙腳和頭部纏有白布條,雙手被鐵鏈反綁及鎖住,其中一人被矇上雙眼,兩人口中被放入共四條鑰匙,死狀怪異,彷彿與某些宗教儀式有關。而最初挖出的鑰匙是可以用來打開兩名死者手上的鎖頭,不知是何用意。現場沒有遺下任何身份證明文件,兩名死者身份成疑。

警方向該單位業主查詢租客身份,翻查記錄,發現該租客名為林賓佳,是印尼人,但經調查後發現其身份是虛構的,用來租屋的身份證明文件都是偽造,身份如謎。

向大廈居民查詢,居民表示所知不多,但不時有外藉男女進出該單位,都曾目睹過他們搬運英泥進出升降機。數天前曾聽過屋內傳出爭吵聲和敲擊聲,當時單位內有人呼叫救命,但轉瞬即逝,居民因此都不以為意。

查出死者身份

由於事發在四十年前，當時閉路電視仍未普及，單憑街坊們的描述，就只知是外國人，連想做個嫌犯拼圖也有難度。

人證之外，還有物證，警方仔細搜查從花槽內挖出來的東西，竟然找到了一張名片，上面寫著人名謝順丞，以及公司名福祿商品私人有限公司，警方調查後發現這是一間新加坡公司。

於是，警方在新加坡政府的協助下，用牙齒記錄作對比，終於查出兩人身份，分別是謝順丞和謝順發，兩人是親兄弟，是新加坡數一數二的金舖「百萬金莊」的少東，家財豐厚，身世顯赫。難道正是因為錢財而惹來殺身之禍嗎？

謝家兄弟來港目的是什麼？為什麼會在該單位被殺？殺他們的又是什麼人呢？

第一個問題，本來問謝家的人就最清楚，然而謝家卻三緘其口，透露不多，有人說是富有人家有頭有面，不想張揚。但無論如何，謝家的態度總讓人感覺內有乾坤，事件背後很可能有著不可告人的秘密。有傳言在謝氏兄弟失聯其間，曾有人聯絡謝家，聲稱綁架了兩人並要求贖金，有傳謝

家已付贖金但兩兄弟仍遭撕票，又有傳雙方就價錢談不攏，歹徒因而撕票。然而，這些都只是流言蜚語，謝家有見外間太多揣測，遂出面澄清絕無此事。

雖然如此，但謝家的這種說法還是受到質疑，因有記者發現，謝父在兩名兒子失蹤後的一段時間裡，一改平時每天駕車到附近油站入油的習慣，改而乘搭公共交通工具。另外，家裡有電話不用，跑到公眾電話亭打電話等，都不像一個富翁會做的事。然而，謝家並沒有對這些外人看來怪異的行為多作解釋，亦沒有提及謝家兩兄弟會特地跑到香港的目的。

警方繼續追查，發現原來在兩兄弟失蹤後早已有人報案，報案者是謝氏兄弟的朋友，原本相約好傾談生意，最終兩兄弟並無出現，朋友苦候不見，找又找不著，所以報警，但當時大概只列作一般失蹤處理，未有認真看待，亦未知兩人已慘遭毒手。

那末，謝氏兄弟是來香港談生意嗎？

另有一種說法，是謝家在生意上被騙去大筆金錢，謝氏兄弟是為追數而來香港，而追數的對象正是先前提到的印尼人林賓佳。

會否正是這印尼人設局反殺追數人，更企圖虜人勒索，再賺一筆呢？他又是否早有預謀，才會提早用假護照租定一個單位用來行兇藏屍呢？

　　可惜的是，以上種種問題的答案，至今仍然是個謎，兇手依然逍遙法外，破案無期。

　　這冷案近年被翻炒，全因電影《金手指》大熱，有人認為此案跟佳寧案似乎有關。因為此案發生在佳寧案中核數師伊巴謙被殺後，而在溫寶樹律師被殺之前，時間相約，而謝家跟陳松清也有生意來往，令人不禁聯想兩者是否有關。因為有看電影《金手指》的朋友，大概忘不了由黑仔演的幕後金主，似乎就是來自南洋的神秘人，自不然想到和那個印尼人有關。

　　然而這似乎是個美麗的誤會，並沒有什麼實質證據證明兩者有關。

　　筆者認為此案邪門的地方在於殺人手法，如果真的只是為財殺人，想要埋屍，直接用水泥封了就好，為什麼又要疊好綁好，還要上鎖等等？還是說兇手對謝家兄弟有特別情感，所以要殺要埋也顧存體面？

　　另外，放鑰匙到死者口中又是什麼意思？

放東西入死者口中並不是什麼新奇事，相傳慈禧太后的遺體口中就塞了顆夜明珠，能讓她保持屍身不腐。古時就有往遺體嘴裡塞寶玉、銅錢、甚至是米飯等習俗。據說，口放銅錢，是寓意死者來生能帶錢財，亦有一說是給亡者在黃泉路上疏通鬼差[2]；至於放米飯，就是希望亡者就算做鬼也能做隻飽鬼吧！

那放鑰匙又是什麼意思？是希望死者能拿著它去打開通往天國的門嗎？

謝氏兄弟死後，謝家的惡耗並未就此結束，謝家的其中一名媳婦不知因何原因在家中自殺。奇就奇在，傳聞在她自殺的住所頂樓，建了四間空房，房裡各放了一張床，床單下同樣放了四條鑰匙，為整件事再增添了一塊神秘的面紗。

---

2 這真是華夏弊端，總想著用錢財疏通，人世的官差或許會貪，鬼差可不一定啊！

長城殺手黑野狼
紅衣女鬼推落樓

鬼，一定要有鬼！

明白的，這是我部份讀者對我作品的要求，單是邪門還不夠，他們就是愛看我講有關靈異的故事，真是重口味！

我曾在《靈異謀殺案》中提到，香港過去直接牽扯到靈異事件的謀殺案並不多，這是其中一宗，而且有前警務人員現身說法。當然，他的話是否可信又是另一回事，可以話係信不信由你。

事發在1974年，與紙盒藏屍案同年，現在看來雖無紙盒藏屍案般耳熟能詳，但在當年亦相當轟動，除了因為同樣是女裸屍外，還因為死者死狀異常恐怖。

1974年8月15日上午，於旺角長城公寓的職員陳女士發現五號房床上躺著一具女性裸屍，大驚下報警。

警方到場調查，發現死者死狀恐怖，恐怕案情並不簡

單。據在場警員憶述，死者身材細小，全身赤裸，雙目圓睜似在瞪視，呲牙咧嘴似在獰笑，警員細看之下才發現原來死者的眼皮和嘴唇都被割去，才會有如此可怕的面容。不單如此，女死者身上總共有多達十二處地方被兇手割去，除眼皮和嘴唇外，還有鼻、乳房、下陰等。

兇手毀掉死者容顏，不外乎幾個原因，第一就是掩藏死者身份，阻礙警方調查。但長城公寓這宗謀殺案卻似乎另有原因，如果只為掩藏身份，根本不用割去乳房和下陰，看來他要不就是喜歡收藏人體組織的變態殺手，要不就是與死者有血海深仇，殺人不夠，還要毀屍洩恨。

警方留意現場環境，更覺事有蹊蹺，屍體死狀可怖，現場卻與之相反清潔整齊，完全沒有打鬥或掙扎的痕跡，肉眼亦看不見有任何血跡，也找不到指紋，初步認為該房間並非兇案現場，又或殺手殺人後有仔細整理房間。房內除了一個胸圍外，完全找不到屬於死者的物品，包括能她的身份證明文件。

死者是誰？兇手又到底是誰？

長城公寓雖名為公寓，但其實是間專門供人開房的賓館，報警的陳女士稱自己是早班員工，被晚班同事囑咐於十一時到五號房叫醒房客，拍門良久卻沒有回應，由於職責所在，

遂以備用鑰匙開門而入，驚見屍體後報警，所知不多。

警方又找來晚班的黃女士偵訊，黃女士稱五號房的房客是熟客，每星期都會光顧並持續約一年，估計是男女朋友關係，當晚約在凌晨一時半入住，看上去並無異樣。

男的約莫四十歲，五呎八吋高，皮膚黝黑，相貌彪悍，說話有禮帶鄉音；女的年約三十歲，濃妝艷抹，花姿招展，黃女士在公寓閱人無數，幾敢肯定她是歡場女子。

由於兩人是熟客，又似乎特別喜歡五號房，所以只要沒有其他客人在用，黃女士都會安排他們用五號房。黃女士憶述，當晚房內沒什麼動靜，唯到早上六時許，男子拿著兩個袋步出房間，並指自己需要上班先行離去，請黃女士於十一時喚醒正在房內熟睡的女友。

黃女士不虞有詐，便答應下來，任男子離去。豈料，男子未幾折返房中，黃女士以為他只是忘了東西未拿，也不理他。過了一會，男子再次步出，並再三檢查房門是否有徹底鎖上後才告離開。

兇案現場一無所獲

警方向黃女士要兩人的登記入住資料，黃女士坦言由於很多人到公寓也是偷情，很多客人都只會提供假資料，甚至拒絕提供資料，工作人員也就隻眼開隻眼閉，不會多事。

既然沒有死者和兇手的資料，警方唯有自己想辦法找，首先就是請公寓員工幫忙湊出兇手的拼圖，接下來就是死者的。但由於死者面目全非，法醫指若果警方能找出死者臉上被割去的部份，相信會較易還原死者的容貌，畫成拼圖。於是警方就開始在五號房內徹底搜索，最初警方懷疑兇徒會將割下來的人體部份丟進馬桶沖走，事實上不少兇徒都會有類似做法，例如發生在澳門的「手撕雞事件」或發生在香港的「王嘉梅案」，所以警方就把馬桶拆了，可惜卻沒有在排水系統找到任何人體組織。不單如此，在五號房內根本一無所獲。

三日後，警方於各大報章登出疑犯拼圖，引來不少報料，但都是誤報居多，全無有用線索。

警方哪會想到，第一通有用的報料，打來的竟然會是兇手本人。

兇手化名「黑野狼」，親自致電警局想找負責該案的陳警司，然而陳警司當時並不在場，黑野狼於是留下口訊，請

警方搜查一下長城公寓五號房的冷氣機。

　　接聽的警員最初還不以為意，以為只是有人冒認兇手來電惡作劇，但陳警司知道後卻認為情報可信，立即帶隊前往長城公寓五號房把冷氣機拆下來，果然發現上面有十數片已被風乾的肉片，正是從死者身上割下來的人體組織。警方立即將這些組織送到法醫手上，經過一輪操作，終於還原死者容貌，畫出拼圖，登報尋求認識拼圖中人或任何知情人事報料。

　　同一時間，某報章竟登出一封由兇手向警方發出的公開信，兇手署名「長城公寓黑野狼」，他在信中嘲笑警方無能，說自己刻意留下大量證據，警方卻依然找不到他，內容極盡挑釁之能事。

　　到8月19日清晨，一名老婦人偕同一名少女到警局報警，說看過報章上的拼圖和描述後，懷疑死者是她女兒。除了因為該拼圖與她女兒相像外，亦因為自案發後她就與女兒失去聯絡，警方在詳細查問下後終於證實了女死者的身份，名叫劉富敏，三十四歲，離婚後與母親及兩名女兒同住，是家中經濟支柱，為生計在髮廊任職洗頭，私下卻當起髮花，為客人提供性服務，藝名金鈴。

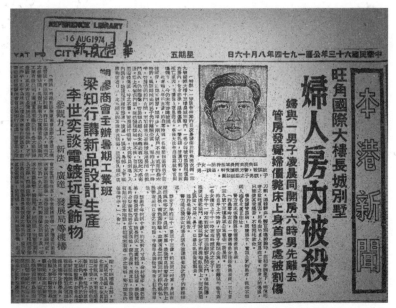

●《華僑日報》1974 年 8 月 16 日報道「旺角國際大樓長城別墅婦人房內被殺」。

　　知道死者身份後在調查上總算有了個方向，因為兇殺案絕大部份都是熟人所為，警方就可以從死者身邊的人查起，包括她的家人和工作場所。警方深入調查後發現劉富敏身邊的人都沒甚嫌疑，於是就把目標放在她的客人身上，從劉富敏工作過的髮廊所取得的顧客資料，綜合出四個可疑人士，其中一人名叫梁兆平。

可疑行李箱

警方直接前往梁兆平位於深水埗元州街的住所，拍門後由一老伯應門，據稱是梁兆平的叔伯，他對警方的查詢大為震驚，並表示侄仔早已搬走，久未聯絡。警方正打算離開之際，帶隊的陳警司見到屋內有一個行李箱，或許是直覺使然，他認為十分可疑，遂問梁老伯那行李箱是誰的？裡頭裝了什麼？

梁老伯鐵青了臉，支吾以對，慌稱行李箱非他所有，亦不清楚裡頭有什麼，自己亦無法打開。

警方當然不信，遂強行把行李箱打開，竟然發現一些女死者的衣物和身份證，一柄疑似是兇器的利刀，最重要的是有一張死者劉富敏與一名男子的合照。

梁老伯見事已至此，唯有坦然承認，行李箱屬梁兆平所有，相中男子正是梁兆平。

警方正想進一步向梁老伯提取口供時，屋內的電話突然響起，警方估計很可能是梁兆平來電，帶隊警司用沒裝填子彈的空包槍指嚇梁老伯[3]，要他合作讓梁兆平回來。

但梁老伯卻很重親情和義氣，竟不怕被一槍爆頭，馬上對著電話筒大喊：「快啲走，差佬喺度。」

3　雖說槍裡沒有子彈，但這做法顯然有些過火。

警方雖然憑電話來源追蹤到青山道一地盤，奈何梁兆平早已逃之夭夭，警方撲了個空，無功而還。

　　梁兆平成功避過警方耳目，躲藏起來，警方再無他的消息，難道真的讓他逃過大難，逍遙法外？

　　不，只是時辰未到而已。

　　8月21日，剛巧是女死者劉富敏出殯前一天，一名男子到伊利沙白醫院求診，男子傷勢頗重，當醫護人員問到他叫什麼名字和致傷經過時，男子稱自己名叫劉兆文，聲稱自己從高處墮下。

　　醫護人員為他作初部檢查，發現他嘴鼻流血，看上去神智不清，胡言亂語，認為他可能醉酒或服食過藥物。駐院警察見狀上前了解情況，只聽眼前神色怪異的男傷者喃喃自語，竟然在說：「劉姑娘……劉姑娘……」

　　警員認為事有蹊蹺，繼續追問他誰是劉姑娘？到底他為什麼會受傷？

　　男人只慌張的說：「是紅衣女鬼推我落樓的，你有沒有看到紅衣女鬼？」

　　警方越發認為男子十分可疑，於是要求他出示身份證，男子推說沒帶在身，警方於是搜查他的銀包，發現裡頭有一

張梁兆平的卡片，一張有關長城公寓黑野狼的剪報、以及一張寫有「金鈴 已代為削肉」的紙條，有理由懷疑他就是梁兆平本人，只是在受傷求醫時用上假名劉兆文，於是立即通知上鋒派人支援，並將他拘捕。

坦白案情

梁兆平被捕後坦白案情，提到他是地盤工人，間中會到髮廊洗頭放鬆，因而認識死者劉富敏，並成為了她的恩客。

縱橫歡場，尋花問柳，最忌沉船，梁兆平不單經常與劉富敏開房，事發當晚於長城公寓五號房雲雨過後，甚至向劉富敏求婚，卻被劉富敏拒絕，指她已有男友，更嘲笑梁的性能力云云。

梁兆平急怒攻心，喪失理智，到回過神來，劉富敏已經躺在床上，變成一具冰冷的屍體。

筆者卻認為梁兆平的話不太可靠，如果他是真的深愛劉富敏，就算當時失去理智錯下殺手，回過神來之後也可以為她急救報警，但他非但沒有這樣做，甚至割下她的皮肉，還刻意收起，而且佈下迷陣，逃之夭夭。事後更至電警方，極盡挑釁，絲毫沒有悔意，要不是紅衣女鬼來索命，他肯定還

在潛逃。說自己向劉富敏求婚被拒及被嘲笑性能力，很可能只是為辯解自己是誤殺而舖路。可恨的是他的奸計得逞了，他被控謀殺，卻被陪審員以五比二裁定不成立，改判誤殺罪名成立，判監十年。

說回當日梁兆平到醫院求診，說自己是被紅衣女鬼推落樓受傷，事緣當日他在街上見到紅衣女鬼向他索命，於是他不斷逃跑，更躲進某棟大廈裡頭暫避。然而紅衣女鬼窮追不捨，梁兆平苦無辦法只好直奔天台，當退到天台邊緣時，女鬼仍不放過他，繼續迫近，最終讓梁失足墮樓重傷。

醫護人員當時覺得他胡言亂語，以為他受藥物及酒精影響，但檢查過後才發現一切正常，難道梁兆平當時並非神智失常見到幻覺，而是真的有女鬼追著他？

事隔多年，梁兆平相信早已出獄，就不知紅衣女鬼有否仍跟著他，向他索命？

五子疊屍浴室中
親生父母是真兇?

寫真人真故事多年,鬼故又有、命案又有,能讓筆者毛骨悚然的不多,今天要分享的「花蓮五子命案」就是其中一個,還讓筆者做了場惡夢。

俗語說「虎毒不吃兒」,到底老虎是否惡毒?會否吃兒?筆者不知,但人類那如無底洞般的惡意,在此案卻可見一二,人毒殺兒,而且不只一個,而是五個。

九月的花蓮暑氣未減,天氣炎熱,在小社區傳出惡臭,這看來是個不好的兆頭。芳鄰報警,警察上門,無人應門,事有蹺蹊,找來鎖匠開門。

門一開,劉志勤家裡傳出驚天惡臭,中人欲嘔,經驗老到的警察已經心中有數,入屋查探,竟發現浴室裡堆疊起五具屍體,正是劉志勤的五名子女。五具屍體分別用薄被和毛巾包覆,頭被黑色垃圾袋笠住,頸纏鐵線,部份雙手被綁身後,全部頭朝內、腳朝外的堆疊起來。五人已死去多日,全

身腐爛並長滿蛆蟲，現場蒼蠅亂飛，由於五人死狀恐怖，兇案現場環境詭異，剛才已因屍臭作嘔的人，很多都忍不住衝出屋外猛吐。據講，有後來奉命到現場執屍的仵工也因為太過震撼而留下陰影，辭職不幹。

子女慘死，卻不見父母蹤影，現場被反鎖，更留有求救字條，寫著「遇綁架，孩子被控中，情況危急，趕快報警」和「劉家巷258號、危急、ＳＯＳ」，分別放在近大門處和壓在煙灰缸下。

現場疑陣處處，真是綁架案嗎？綁架求財，有需要殘殺五個孩子嗎？而且一般綁架案很少會綁架那麼多人，因為在技術上很難處理，要留他們活口，照顧五人不是易事；要殺人滅口，又犯不著要大開殺戒，不過求財而已。

殘殺五名孩子還將之堆疊起來，這麼殘忍的手法不似一般人做得出來，難道是尋仇？劉志勤和太太林真米有沒有得罪什麼人？就算有，到底是什麼深仇大恨，要讓兇徒把他們的孩子全滅？

求救字條是誰寫的？是不見蹤影的劉志勤和林真米寫的嗎？如果是他們寫[4]，應該找機會將紙條丟出窗外才對啊！這才有機會通知外面的人報警，紙條留在大門裡和壓在煙灰缸下根本一點用都沒有。而且紙條上的字跡清晰工整，絕不似

---

4 後來經筆跡鑑定，確是劉志勤所寫。

在危急關頭振筆疾書寫成。

警方要弄清楚種種疑團，當務之急當然是要先找到劉志勤和林真米問個明白，當然，也要他們仍在人世才成。可想而知，若真為尋仇的話，兩人只怕也凶多吉少。

可惜的是，劉志勤和林真米就似人間蒸發一樣，消失得無影無蹤，任警方用盡方法也尋找不到兩人下落。

人找不到，唯有從現場證物入手，除了求救字條外，警方還在現場找到幾個煙頭，經DNA對比，發現是屬於劉志勤一位姓蕭的朋友。這位蕭先生承認曾到劉志勤家作客，並在一樓與劉志勤抽煙聊天，但並無上樓，當然亦無殺人。

警方仔細調查，發現蕭某並無作案動機，犯案時間也對不上，排除了他的嫌疑。那麼，是誰刻意拿他抽完的煙蒂散在現場佈下疑陣呢？

警方在現場亦沒有發現任何陌生人的指紋，還查到用來綑綁五名死者的膠帶都是由林真米所買，嫌疑一下子全落在劉志勤夫婦身上。但正如文首所講，虎毒不吃兒，這對夫婦又為什麼要殺死五名子女[5]呢？他們又是用什麼方法殺死五人呢？不單如此，他們佈下疑陣時還用上了朋友抽過的煙蒂，為什麼他們不惜牽連好友也要佈下重重迷陣呢？

---

5 長次、次子和長女為劉志勤與前妻所生，只有四子和五女是由林真米所出。

台灣魚藤殺人於無形

　　警方的懷疑委實不無道理，要殺五人不是易事，五名死者都已非束手待斃的年紀，長子和次子已經分別十八和十七歲，已經是成年人，身型健碩，氣力十足，若果是仇家或綁匪來襲，要徒手搏殺絕不容易。最大機會是由死者熟悉的人偷襲或先下藥迷暈再下殺手，然而法醫卻未在五人身上驗出殘留的安眠藥或鎮靜劑。疑惑之際，幸好有警員眼利，在劉家花圃發現一種叫做「台灣魚藤」的有毒植物，用它壓出的汁液無色無味，卻含一種神經毒素，中毒者輕則痾嘔肚痛，重則呼吸中樞麻痺，能殺人於無形。

　　後來法醫再度檢查，發現五人果然中了魚藤毒，這樣一來，劉志勤兩夫婦的嫌疑就更大了，綁匪斷然不會知道劉家有這種毒草可以拿來用吧？甚至有理由相信，劉志勤夫婦是為了下毒才種這些台灣魚藤，若真是這樣的話，委實是深謀遠慮，就不知道他們為何要如此大費周章。

　　然而，任警方扭盡六壬，依然不知劉志勤兩夫婦的下落，查兩人底世，只知兩人表面風光，實質欠債累累。這麼一來問題又來了，既然欠債累累還綁架什麼？他們根本付不起贖金啊！難道他們是刻意佈下被綁架的迷陣，實質是躲起來避債？如果是避債，又為什麼要殺害五名子女呢？

對劉志勤夫婦殺了五名子女一事，警方一直只是推測，直至搜查劉志勤的辦公室時找到了一台數碼攝錄機，但記憶卡不知所蹤，內置記憶體亦被清空，幸而警方有關部門成功復原數據，終於讓他們一探這宗滅門案件的真貌。

拍攝者估計是林真米，因為鏡頭裡的是身穿白色短褲和淺綠色上衣的劉志勤，林真米拍下了他親手殺害五名子女的過程，根據警方透露，其中一幕是劉志勤正跪坐在床上綑綁大女劉其臻，劉其臻十指緊扣，大腿屈曲，並無反抗，似乎已經陷入昏迷，證明警方先前的猜測正確，劉志勤夫婦是先下毒迷暈五名子女再下殺手。

●《聯合報》2015 年 6 月 12 日報道「花蓮五子命案」

已經證實劉志勤夫婦就是兇手，但他們到底在哪？為什麼他們要這樣做？這兩個仍然是未解之謎。

人總不可能完全消失的，總會留下一些生活的痕跡，劉志勤夫婦亦一樣，他們也曾經留下痕跡，只可惜警方知得太遲，失諸交臂。

案發後第三日，9月11日，有人報警稱見到劉志勤夫婦於花蓮的吉安火車站現身，警方趕到時卻只找到了劉志勤的汽車，不見人影。翻查附近的監視器發現兩人駕車而來，棄車而去，曾到附近的便利店買些麵包和飲料，神色輕鬆，並沒有殺人後的焦躁，亦沒有被追捕的緊張。同日，林真米還若無其事的轉帳房租給房東，彷彿不知道裡頭藏了五具屍體。

10月28日，一位法華山公墓的管理員報警稱見到林真米。當日早上，一名面容憔悴的女子出現在法華山公墓，管理員如常接待，女子稱想拜祭母親，入內後卻轉移到花蓮五子命案的五名死者墓前拜祭，迅速拜祭完畢後就匆匆離去。

靈異手法尋求破案靈感

　　管理員在女子離開後才想起她可能就是警方一直追緝的林真米，馬上報警，可惜警方趕到時已不見林真米的蹤影，翻看監視器可見是劉志勤開車與林真米同來，然後由林真米獨自入內拜祭。事後警方派人在公墓守候多時，希望在兩人再次來拜祭時逮捕他們，然而那天已是最後機會，劉志勤夫婦從此再沒有出現在警方的視線之下。

　　警方再沒有劉志勤夫婦的消息，由於不想這宗慘案就此成為懸案，最終變成冷案，警方依舊落力調查，見人證和物證也不多，既然正規查案途徑不得要領，花蓮警方只好尋求另類的辦案方法。若有看筆者拙作《靈異謀殺案》的朋友，該知道台灣警方遇到冷案時，經常另闢蹊徑，用靈異手法尋求破案靈感。同樣發生在花蓮的「蔡京京案」，就是靠負責的警官在宮廟裡遇到乩身，靠乩身從女死者的冤魂上得到線索，從而成功追查到兇手。

　　這次也不例外，負責此案的花蓮縣警察局局長耿繼文，為了破案，竟毅然獨自住入兇宅之中足足七個夜晚，不怕冤魂出現，只怕它們不現身說法。可惜的是耿局長似乎陽氣太盛，一星期以來晚晚安睡，鬼影也沒見到一隻，卻在事後大病了一場。

刑偵隊長駱貞輝亦有一個難以解釋的靈異經歷，有天他到天后宮參拜，宮裡的一個會通靈的師妹找他說有一隻女鬼跟著他，駱貞輝遂問個詳細，師妹說跟著她的女鬼個子不高，短髮戴眼鏡，很客氣的站在宮廟外面，不像要害人的樣子。駱貞輝心有靈犀，就給師妹看林真米的照片，師妹直指女鬼正是相中人。林真米的鬼魂跟著刑偵隊長，難道是為了伸冤？

駱貞輝寧可信其有，於是就想師妹幫忙問個明白，師妹表示自己道行有限，於是找來宮裡法力更高強的大師問個明白。林真米指自己早已殞命，屍體就在公墓附近，駱貞輝派人去搜，奈何遍尋不獲。

一計不成，又生一計，有傳警方請了人稱仙姑的賴奕萱來通靈查案，可惜給出的線索作用不大，部份在水落石出後更有矛盾之處。

直至案發後九年，一獵人於山上狩獵期間，於密林內發現兩具白骨，於是報警，後來證實為劉氏夫婦。兩副骸骨相對而臥，旁邊有農藥空樽，後經查驗兩人是飲農藥致死。警方認為兩人因不想帶著五名子女避債而先將之毒殺，其後潛逃期間畏罪赴死，以此結案。

這種解釋，似乎合理，但當中仍有許多疑團未解，例如經警方查證，兩人雖身負巨債，但並非去到完全資不抵債，走投無路到要殺死五名子女再隱世埋名的地步，債主會否是一些令人聞風喪膽的惡勢力，才令兩人選上這樣的不歸路？此案到現在還有很多人認為真兇並非劉氏夫婦，並有多種猜測。有說劉志勤信了邪教，因而殺害五名子女，但警方調查顯示根本沒有該邪教存在。更有說是黑社會幹的，所以才會要劉氏夫婦佈下疑陣，甚至拿攝錄機拍下，證明是他們做的。黑社會這麼做就是為錢，因劉氏夫婦欠了高利貸，但錢真有多到要殺人全家的地步嗎？而且全家死光了就拿得到錢嗎？黑社會求財而已，犯不著幹下這麼一宗轟動全台的大案吧？而且劉氏夫婦在殺了五名子女後可不是被黑社會擄走，而是可以自由活動的，哪又怎樣解釋？可惜的是真相隨著兩人的死大概只能永遠埋藏在黃土地下。

　　另外，說得上是邪門謀殺案，必然牽涉些靈異事件。

　　當年，一名女記者入內拍攝，離開花蓮回台北後即久病不癒，去拜拜時廟祝見到她時一臉驚詫，忙問去過哪裡？做過什麼？為什麼會有五隻冤魂跟在身後？

　　剪接師在為拍得的片段進行剪接時則聽到不應存在的呼救聲，聽得雞皮疙瘩。

凶宅附近的街坊亦紛紛表示見鬼，例如劉家么女的鬼魂會夜裡站在門外，要用鑰匙開門。

凶宅後來租出，住客則表示見過劉家長子的鬼魂在家裡出現，向其瞪視。又有說半夜會見到男童站在床邊，說租客佔了它的房間云云。

就連當日發現劉氏夫婦的獵人亦有靈異遭遇，罄竹難書，委實邪門。

案件延伸（一）

《花蓮五子命案》中，外間對劉志勤的殺人動機揣測甚多，警方在調查時發現，在劉志勤電腦的瀏覽記錄中，竟然搜尋到另一宗奇案洪若潭命案，並懷疑他有感自己的命運與洪若潭相似，因而效發。

到底，洪若潭命案又是怎麼回事？

2001年9月5日，故事主角洪若潭不知何故沒有如常回到辦公室，這事絕少發生在工作認真、性格一絲不苟的他身上。員工自然感到奇怪，但有誰敢問老闆為什麼不上班嗎？然而，當天剛好有一張支票到期需要他簽署，於是公司總經理就跑到洪若潭位於彰化二林的豪宅去，打算找洪若潭簽

名，順道問候一下。

總經理去到豪宅時發現大門反鎖，按門鈴又沒人回應，感覺裡頭死寂一遍，別說渺無人聲了，就連狗的聲音都不見，總經理明明記得洪若潭養了兩條大狼狗，若有陌生人靠近，理應會機警吠叫才對，但現場卻是靜得落針可聞，極不尋常。

總經理翻牆而入，整座大宅連花園什麼人都沒有，卻在屋裡發現一封遺書。遺書內容提到家宅不安，人言可畏，他已偕妻子帶著三名子女離開人世。

總經理報警求助，警方來到現場後雖然也有看到遺書，但沒有就此相信遺書內容，要驗證真偽，最好就先找出洪若潭。

警方仔細搜索大宅，只見大宅清潔整齊，有條不紊，不似發生命案的現場，也找不到任何屍體。直至在大宅的花園找到一個新簇的焚化爐，才感到事有蹊蹺，普通人家裡哪會有焚化爐啊？

打開一看，焚化爐裡頭果然有兩具焦屍，後證實的確是洪若潭夫婦[6]。據驗屍報告指，洪若潭的太太姚寶月是先死後焚，而洪若潭本人則是活活燒死的，到底要有多大的決心，才會選擇這樣的自殺方法？

---

6 因為洪若潭未能徹底從內反鎖，在並非完全密封情況下溫度不夠高，以至部分屍體未完全變成焦炭，故仍可驗到DNA。

至於洪若潭的三名子女[7]則不見蹤影，生不見人，死不見屍，難道已被焚化爐燒成微塵？警方仔細從焚化爐不同處提取DNA檢驗，除發現洪若潭和姚寶月的DNA外，還發現他們養的狼狗遺留的DNA，卻完全找不到三名子女的一丁點蛛絲馬跡。

　　及後，洪若潭的妹妹洪玉燕收到了洪若潭寄給她的遺書，遺書除了提及因家事煩擾選擇輕生外，還說明已得到三名子女同意一起赴死，而他已將三名子女火化，骨灰撒入大海。之後，警方在洪若潭坐駕中找到一些海砂，懷疑就是他將子女骨灰撒到大海時弄到的。

　　警方進一步調查，確認焚化爐的確是洪若潭親自訂造的，看來籌劃已久，決心帶著全家自殺，並無他殺之虞。

　　真的是這樣嗎？

　　洪若潭一家死訊傳出後，外界有傳他是欠下鉅債，走投無路下才舉家自殺。然而跟花蓮五子案一樣，雖然有被質疑的聲音，但洪若潭和劉志勤的遭遇如出一轍，雖有欠債，但未至於資不抵債，他甚至在死前刻意清還所有債務，證明並非與財務有關。

7　為洪若潭前妻所出

警方後來找到了一本屬於洪若潭次子，洪崇荏的日記，他提到洪若潭的確因為家事而深受困擾，並曾提出過一家五口一同赴死的建議，但洪崇荏在日記中清楚寫明他並不同意。

　　到底是什麼家事令洪若潭如此困擾？

　　起初是因為兄弟鬩牆，事緣他有一名兄弟欠他債款，無力償還，結果洪若潭就收了他用作抵押的土地來建豪宅；另一兄弟在他公司工作，但暗收曲款被他發現，結果趕出公司。如此種種被洪的母親知道後認為大家是兄弟不用做得那麼絕，但洪若潭卻認為自己只是公事公辦，沒有做錯，結果母親一怒之下離開洪若潭的大宅不住，改以拾荒為生，十分決絕。

　　附近街坊見狀流言四起，說洪若潭不孝云云，說話要多難聽有多難聽，洪若潭深覺人言可畏，有苦自知，遂起了輕生念頭，又怕自己死後三名子女會被看不起，於是動了歪心思，要與他們共赴黃泉。但這只是他一廂情願，他的子女並不如他所想般願意陪死，至少洪崇荏是絕不願意的。

　　其實不願意才是正常吧？他們每一個都有自己的人生並且活得好好的，大兒子洪崇釜當時二十四歲，就讀中原大學物理研究院，前途無可限量；二兒子洪崇荏，二十三歲，在洪若潭的公司工作，大概打算將來承繼父親的事業王國，亦

應該最清楚公司根本就沒有外間談到的債務問題。三女兒洪孟瑜，二十歲，在台南的致遠管理學院幼保系就讀，三兄妹在失蹤前毫無異樣，身邊的朋友和同學完全感受不出來，如此看來，三人很可能並非自願。

奈何劉志勤看這案件時大概只看到自己想看的東西，只覺感同身受，也學著帶自己的太太和五名子女同死，實在是最不負責任的行為。

案件延伸（二）

花蓮五子命案中，有靈媒指劉志勤是因為信了邪教才會殺害五名子女作祭獻，只是後來警方調查許久根本就找不到她口中名為「兒童之家」的邪教組織。

邪教並沒有我們想像中般遙遠，很多時就在我們身邊，只不過人家也不會明打著邪教的旗號就是了。熟悉奇案的朋友，就知道香港過去就有「青龍教」，喜歡看電影的朋友則可能會想到早前大熱電影《周處除三害》中的尊者，其實那都有影射成份，台灣的邪教也是不少的。

可能你也會有個疑問，就算信了邪教也好，殺親生子女這樣的事真做得出來嗎？十年前於台灣發生的「日月明功

案」就是一例，女事主不單與其他教友一同虐殺了自己的兒子，在警方盤問時還一直站在所謂教主的那邊，為其說項，彷彿被徹底洗腦一樣。

日月明功的教主陳巧明看上去並不似什麼尊者或智者，而是普普通通的大媽一個。陳巧明本來是個舞蹈老師，失婚後大受打擊，忽然醒悟到女人最重要為自己。陳巧明女權覺醒，到處宣揚，沒想到竟得到大班在婚姻中失意的婦女支持，其實她宣揚的理念亦不是什麼驚世偉論，就是說已婚婦女應該離開家庭，強調自身利益比家庭利益重要，又要信徒尊稱她為「Sunshine」，要對她唯命是從，而日月明功的教義是「日月明功最好，自己最好。」

就這樣看起來，你大概會覺得她提出的信念乏善足陳，不明白為什麼這樣也能成為邪教吧？

其實陳巧明這是大巧若拙，她非常懂得操縱人心，要知道她宣揚教義的地方在彰化的一個小鎮，並以鎮上的婦女為主要對像，她們的教育水平不高，把話說得太深奧她們反而不明白。陳巧明巧妙掌握了她們在婚姻中的不安感，成功操縱她們，甚至開始干涉她們的家事，要她們把家中子女帶回教中讓她教導。

信徒黃芬雀有感兒子升高中後變得反叛，求助於教主陳巧明。陳巧明明明不知就裡，卻一口咬定其子變壞，還有吸毒習慣，要黃芬雀帶兒子回去讓她教導。而所謂教導就是打和罵，但黃芬雀的兒子十分硬頸，不吃這套，陳巧明便變本加厲，將之囚禁，甚至綁起來毒打，最終將他虐待至死，這才被揭發出來。

　　奇就奇在，黃芬雀兒子慘死，她將兒子送院時還十分冷靜，堅稱孩子是吸毒而死，對被陳巧明等人虐待一事絕口不提。及後警方落案調查，黃芬雀依然保持緘默，連刑警都表示從未見過一案件，作為母親的會在兒子死後保持緘默，她甚至要求教主陳巧明在場時她才願意作供，每次答問題前還要望向陳巧明先取得同意，彷彿是她的扯線木偶一樣。

　　邪教的力量，真的不容小覷。

　　最初，日月明功一眾教徒口徑一致，努力圓謊，但最後都被警察一一攻破，陳巧明被判刑十三年，黃芬雀亦被判了四年半，其他共犯則判三至四年不等。

冷血父母虐兒埋屍
吸毒露出狐狸尾巴

今天剛看到一則新聞，外國一名男子在家中突然心肌梗塞，猝然病逝，本來已是悲劇，更慘的是他是個單親爸，獨力撫養兩歲男童。男子驟然離逝，男童年幼不懂找人幫忙，更遑論報警，結果在家伴屍三日後餓死，幾日後才被上門社工發現。

我一想起小孩在那三天的孤獨與無助，我就感到心痛。

追看細節，原來死去男子與前妻育有三名子女，其中兩個隨母親生活，個案本有社工跟進，無奈曾致電男子家中未獲接聽，當時以為男子只是外出才未有接聽，哪知當時男子已經死去，但男孩應該還在生，若然那時就上門察看，或能救回男孩一命，實在可惜。

我也是個全職爸爸，人在台灣，無親無故，三年前內子需回港澳辦事，因疫情關係，需被軟禁幾週。我一個人帶著三歲不到的兒子，也很怕自己出意外時無人照顧他，遂在面

書說到，若哪天發現我沒有發帖，麻煩就要代為報警了。

今時今刻，剛巧內子又在國外，猶幸兒子已經五歲多，很懂事，我吩咐他若我突然暈倒，記得到樓下通知保安代為報警，也有請幼稚園老師留意，若然兒子無故缺席，很可能就是身為爸爸的我出事了。

養育兒女，責任真大，猶其夫妻離異，對孩子影響深遠，我筆下小說《靈娘堂》中就有一個故事，說一位女士不願生小孩，就是怕有一天離婚的話，害苦了孩子。

好像說得遠了，但接下來提到的邪門謀殺案，卻與之不無關係。

時間回到2008年，當時新竹市的刑警大隊正在調查有關毒品交易的案件，因此而對一些毒販的電話進行竊聽，沒料到未有發現販賣證據，卻聽到毒販與一名毒蟲（癮君子、道友），亦即本案女主角陳秀雯一段耐人尋味的對話。

電話中的聊天內容是這樣的。

毒販問她：「你之前不是生了個孩子嗎？怎麼好像很久沒見過他？去上學了嗎？」

其實這樣的提問正常不過，不過陳秀雯卻好像聽見什麼難題，支吾以對。

陳秀雯想了想才說：「之前送給人家養了。」

陳秀雯大概以為這樣就可以敷衍過去，豈料對方不懂察言觀色，竟追問下去：「送給誰了啊？」

「你不要問這麼多啦！」陳秀雯當時心裡面大概在咆哮，怪責對方賣毒品就賣毒品，幹嘛關心起毒蟲上來呢？

一般人或許會覺得是普通不過的對話，聽在刑警耳裡卻事有蹊蹺，於是決定深入調查，發現陳秀雯的家庭狀況有點複雜。

和盤托出

陳秀雯當時廿八歲，與大他十九年的丈夫林文榮育有三子一女，當中的大兒子是林文榮與前妻所生，二兒子陳小燁則是陳秀雯與前夫所生，另外的小兒子和女兒才是與林文榮所生的骨肉。

本來雙方都曾經離婚，然後再組織家庭也不是什麼奇事，然而警方調查發現，陳小燁早就到了就學年齡，卻找不到他的入學記錄，到底他為何會無故失蹤？難道真的送給人了嗎？但就算送給人也好，也應該要上學啊！

若只得陳秀雯一人是毒蟲也就算了，但原來林文榮也是，他們倆也是因為臭味相投才走在一起。說是偏見也好，一隻毒蟲就夠衰了，兩隻毒蟲真的沒什麼做不出來，可是礙於沒實質證據，於是唯有先繼續監聽，看會不會有更多資訊。

　　皇天不負有心人，幾個月後，警方終於從陳秀雯打給友人的一通電話中，聽出了一些端倪。

　　陳秀雯在電話中詢問一位從事殯儀行業的朋友怎樣超渡早夭兒童，難道說她想要超渡的正是她失蹤的兒子陳小燁？

　　警方以此為由向法庭申請拘票（類近香港的拘捕令），將陳秀雯請到警局盤問。原先警方還以為得費一番功夫才可以讓陳秀雯吐料，哪料陳秀雯很快就將一切和盤托出，不單是因為她一直心中有鬼，而是她真的見鬼。

　　最初，陳秀雯經常在夢中見到死去的陳小燁來找她，說他很餓很冷，又說自己會乖，請媽媽叫叔叔不要再打他。後來，陳秀雯不單在夢裡見到兒子的亡魂，連在現實中也見到，有一次她坐車回家時，剛巧經過埋屍地點的龍眼樹，竟見陳小燁站在樹旁向她揮手。除陳秀雯以外，連林文榮也見過陳小燁的亡魂出現，從家中的大門衝出來。

　　所以，陳小燁已死，而且被埋在一棵龍眼樹下，但他到

底是怎麼死的呢？為什麼他的亡魂會說又冷又餓，又請求叔叔不要再打他呢？

這一切都要從陳小燁悲慘而短促的一生說起。

時間回到七年前，年僅廿一歲的陳秀雯帶著四歲的陳小燁搬進林文榮位於新竹市香山區的家。世上不是沒有對拖油瓶好的父母，但就絕不是林文榮和陳秀雯。

林文榮由陳小燁進門的第一天開始就看他不順眼，經常借故虐待他，包括毆打、用煙頭燙他、不給他食物、潑他冷水再用冷氣吹他、甚至用氣槍射他下體等等，不能盡錄，極盡殘暴之能事。

陳小燁在林文榮及陳秀雯的虐待下，全身傷痕纍纍，而且十分瘦弱，明顯營養不良，比同齡兒童要矮十分公。

喪心病狂

直到陳小燁的生父探望兒子，看見他身上沒有一處皮肉是完好的，看得心疼，遂提出把陳小燁帶走由他扶養，但陳秀雯不依，說除非前夫能交出巨額撫養費作交換。

前夫委實付不出來，但又不可丟下陳小燁不管，於是就通報社會局介入，以防林文榮及陳秀雯繼續虐待陳小燁。

社工上門探訪調查，這時林文榮才收斂一些，暫時沒再虐打陳小燁。

沒錯，是暫時。

由於當時林文榮與陳秀雯只是男女朋友關係，並未正式結婚，按理來說林文榮跟陳小燁沒有直接關係，所以社工主要的調查對象是陳秀雯，而陳秀雯對自己親骨肉的虐待相對較少，她只承認會有輕微體罰，例如用竹子打陳小燁手板，絕無虐待之事。同時，陳秀雯向社工指前夫只是不願付錢，才蓄意通報社會局說她虐待兒童，以作報復。

社工亦有詢問陳小燁，陳小燁雖然年紀輕輕，但亦勇於表達，說自己十分害怕媽媽和叔叔。社工卻認為這是陳小燁被責罰後的自然反應，

三個月後，由於林陳兩人沒再對陳小燁施虐，社工認為事情已經解決，就此結案，沒想到這無疑是把陳小燁再次推回地獄。

社工退場，林文榮又故態復萌了嗎？不，是變本加厲。到陳秀雯為林文榮產下一子之後，情況就更是一發不可收拾。

初生嬰哭鬧不停原是正常不過的事，林文榮就嫌吵著他睡覺，但他並不怪責自己的親生兒，反而去怪責陳小燁，說他故意發出聲音讓他兒子哭，然後當然是一頓拳打腳踢。

某晚，陳小燁早就被打得不敢張聲，但原來之前被暴打時被踢得肋骨骨折，實在疼痛難忍，偶爾還是會發出呻吟，這下又再惹火了林文榮，這次可不只打那麼簡單，林文榮脫光了陳小燁的衣服，命令他做換腳蹲跳。

　　陳小燁本來就三餐不繼，瘦骨嶙峋，加上肋骨斷了，痛楚難耐，根本就跳不了，林文榮見狀就起腳把他踢飛，頭部重重撞到地上。林文榮還嫌不夠，接著用狗鍊綁著他，任身無寸縷的陳小燁吹冷氣，自己則回房睡覺，任陳小燁自生自滅。

　　翌日早晨，林文榮發現陳小燁全身冰冷僵硬，俺俺一息。若然當時林文榮肯將陳小燁送往醫院就醫，或許仍能救回一命，然而他身有屎，怕醫生會發現陳小燁滿身傷痕，揭發他遭受虐待，到時林文榮就責無旁貸。林文榮是真的喪心病狂，結果只是替陳小燁洗了個熱水澡，再餵他吃了一顆救心丸，然後放他在廳中沙發，任他「休息」，陳小燁這一躺下去，就沒有再起來了。

　　其實在陳小燁死前，曾經有林文榮的朋友上門拜訪，見陳小燁情況危殆，也有勸過林文榮將他送院，林文榮口頭答允，最終還是沒有這樣做，陳小燁最終失救而死，更正確一點來說，是被林文榮虐殺至死。

　　這樣說可能有點政治不正確，但當下陳小燁可能死了

更好，純真的小孩死了可以上天堂，那時的陳小燁活過來的話，等待他的只有人間地獄。

鄉郊埋屍

親兒子死了，陳秀雯做的並不是報警，也不是怨懟林文榮，而是幫林文榮埋屍。林陳兩人開機車，將陳小燁的屍體夾在中間，把屍體運送到鄉郊山路旁，埋在一棵龍眼樹下。

林陳兩人以為這樣就能瞞天過海，可是天網恢恢，疏而不漏，最終竟因為牽涉毒品導致電話被監聽，因而被查個水落石出。

縱是廢話，我仍想說一句，真是「毒品害人，影響一生。」

東窗事發，陳秀雯已經認罪，也得找案件主犯林文榮來問話，原來當時他正因販毒而在新竹看守所服刑，警方來找他偵訊時他雖感錯愕，但不似陳秀雯般坦然承認，而是全盤否認。

翌日，警方押林陳兩人回棄屍現場，挖出陳小燁已化成白骨的遺骸，陳秀雯親眼目睹，卻沒有流下半滴眼淚。

法醫現場檢查，發現陳小燁肋骨折斷，下陰位置還遺下被林文榮用氣鎗所射的BB彈。

警方最終以傷害致死和遺棄致死罪起訴兩人，林文榮死口不認，證供疑點處處，前後矛盾，而且亦過不了測謊。最終，高等法院於2012年6月12日判處林文榮傷害致死罪成，判十八年有期徒刑，陳秀雯則被判遺棄致死罪，被判兩年有期徒刑。

說老實話，有看到上面提及案情的讀者們應該也會覺得判得太輕吧？虐殺小孩才坐十八年？對自己親生兒被虐待袖手旁觀還協助埋屍才兩年？但厚顏無恥的林文榮尚嫌太重，竟就刑期提出上訴，還好最終被駁回。

來到這裡，大家以為案件就告一段落了吧？不，才沒有那麼快，這案還延續了幾年才正式告一段落，為什麼呢？

剛才提到，林文榮本來就正在為販毒罪服刑，並在殺人案審理期間刑滿，不知為什麼法院竟然沒有繼續羈押他，而是任他出獄，他趁機回到位於新竹香山的老家，把房子賣掉，拿著三百萬著草，到法院判他殺人罪成時，他早就不知跑不哪裡去了。結果在逃亡一年多之後才被抓回，據警方稱拘捕他時車上還有毒品，相信林文榮拿著三百萬在過去的年多繼續沉淪毒海，嗨翻了天。

林文榮被抓時是2014年，距我執筆時剛巧十年，扣減假期沒過幾年就出獄了。想起這樣一個虐殺小孩的狂徒竟也可以再次呼吸自由的空氣，真的令人齒冷。

　　至於陳秀雯，應該早早就出獄了吧？想起她曾問朋友怎樣超渡早夭兒童，然而陳小燁慘遭虐殺，生母袖手旁觀，其怨念又豈是那麼容易可以化解呢？

佛寺主持見鬼魂
一覺過後悉真兇

2001年2月，桃園警方接獲市民報警，於某山區冒出大量濃煙，以為是山火，前往查看後竟發現一具焦屍。

警方到場後發現屍體被淋上汽油助燃，已經燒至部份內臟外露，焦黑難辨，加上現場證據甚少，警方調查困難，連屍體身份誰屬也查不到，案件一拖就是兩年，警方依然毫無頭緒。

兩年後，即2003年初，於新北市警局新店分局擔任偵查小隊長的賴義芳，某天路過慈玄寺順道參拜，豈料甫入寺即被該寺住持心玄法師拉到一旁，小聲告之：「賴大人，你背後有冤魂跟著，好像有事要請你幫忙。」

此情此景，讓我想起筆者上一本著作《靈異謀殺案》中的「蔡京京案」，同樣是刑警跑進寺廟內，被廟中乩身發現有冤魂尾隨，後得到冤魂提示，最終得以破案。

這次，賴義芳又會不會有同樣的經歷呢？

賴義芳一聽先是覺得有點奇怪，自己手上可沒什麼棘手案件，但心玄法師神色凝重，不似說笑，遂決定先問個清楚：「是好事？還是壞事？」

心玄法師的答案玄之又玄，只聽他說：「你到廂房小睡一覺就會知道。」

賴義芳當時婉拒了心玄法師的邀請，倒不是不相信法師的話，而是自己待會另有去處，分身乏術，遂先告辭，並於數日後重臨慈玄寺。

心玄法師見賴義芳依約重臨，就帶他到「地藏王菩薩殿」的廂房休息，賴義芳逕行入睡，未想到靈異之事，即將開始。

　　賴義芳人在夢中，卻感覺意識清醒，只見迷霧突起，白煙裊裊，當中站著一名面無血色的男子，男子用哀怨的眼神盯著他，使他如鬼壓床般動彈不得，手腳僵直，冷汗直冒。

　　男子告訴賴義芳，他的名字叫蔡燕良，兩年前被人殺死後於桃園大溪焚屍，他知道殺他的人綽號「阿諾」，他是在新北市中和區中山路某餐廳中被打死，餐廳招牌至今仍在。由於死得淒慘，有冤難訴，才會請賴義芳主持公道。雖然他亦非什麼好人，但被朋友殺死，棄屍荒野，心有冤屈，如此種種都已跟心玄法師陳情。

　　蔡燕良語畢，賴義芳隨即驚醒，全身雞皮疙瘩，十分難受，但剛才夢中一言一語卻是記得清清楚楚。

　　賴義芳相信真是老天有眼，讓冤魂來託夢，而且話語清晰，資料齊備，毫不含糊，但有一點是賴義芳搞不明白的，就是蔡燕良為什麼要找上他幫忙？因為他是隸屬新北警局的，桃園警局接下的案件他幾近是毫不知情，這樣又怎麼替他申冤呢？

突破心理關口

　　賴義芳身為警察，也不能聽信蔡燕良片面之詞，而是先得找些根據，於是就前往蔡燕良在他夢中提到的地址，果真發現蔡燕良提到的餐廳，雖已停業，但招牌還在，看來所言非虛。縱使如此，距離破案依然很遠，因為蔡燕良供出的兇手只得化名，而且化名不像「東星烏鴉」這種讓人一聽難忘，而是感覺一個招牌掉下來會砸中幾個的「阿諾」，賴義芳根本毫無印象。

　　兩週後，賴義芳出席一個會議，席間跟友人談起此事，竟有人說認識阿諾，說他本名叫韋自君。賴義芳得悉後回辦公室追查，果然查有此人，因牽涉毒品案正在新竹監獄勒戒中，剛巧翌日刑滿出獄，你說是不是上天早有安排？

　　翌日下午，賴義芳等在新竹監獄門外，見韋自君出來，直接把他帶到新店分局。香港有個傳言，就是出冊時懲教人員會叫出冊的人別回頭，韋自君可能想都沒想過，前腳才跨出監獄，後腳又踏進衙門，誰叫他壞事做盡，兩年前未報，且看今天是否真到了清算的日子？

　　前文提到，其實賴義芳對蔡燕良被殺一案知之不詳，甚至連他當日被焚屍的地點都不清楚，但警察套料不時靠嚇，於是他就來招以退為進，請君入甕，只聽他說：「兄弟，兩

年前的事曝光了，你知道嗎？」

　　韋自君看來也是壞事做多了，經常和條子（台灣對警察的俗稱）打交道，並沒有輕易被賴義芳嚇到，只見他詐作不知，回道：「什麼事？」

　　賴義芳心想一計不成，又生一計，之前在小弟拙作《靈異謀殺案》又有提到，警察經常把嫌犯帶回犯罪現場，心虛者很容易受環境影響，被突破心理關口，於是乎賴義芳就把韋自君帶到蔡燕良提及的餐廳去。

　　說也奇怪，那餐廳已經停業，業主放租兩年來卻無人問津，想賣又賣不掉，似乎是冥冥中有股力量要讓餐廳保持原貌，靜待韋自君重臨。

　　賴義芳這一招果然使得，韋自君舊地重臨，立即崩潰跪下，承認殺了蔡燕良。韋自君心想兩年過去，相安無事，以為能瞞天過海，當天殺人的事只有行事者知悉，聽得賴義芳的說法，感覺真有鬼神追兇，十分可怕，嚇得他將另外六名共犯也供了出來。

　　原來當年蔡燕良放出消息訛稱自己擁有毒品待售，其友是社團四海堂的爪牙，得悉後轉告堂主章志萍。章志萍派小弟與蔡燕良談妥以七十萬交易，交易完成，蔡燕良收的是白

花花的銀子，交的貨卻是假貨，這樣得罪幫派，要說死有餘
辜或許語氣重了，但這樣黑吃黑會有後果，蔡燕良亦應做好
最壞的心理準備。

死者亡魂報夢

　　章志萍派人約蔡燕良談判，暗裡佈置人手埋伏，蔡燕良
竟沒攜款遠走高飛，反而大剌剌的赴約，這倒讓筆者我有點
搞不懂。無論如何，蔡燕良被擒，被押上一輛紅色轎車，送
往先前蔡燕良在夢中提過，位於新北市中和區的一間泰國餐
廳中禁錮起來。

　　章志萍追問該七十萬的下落，但蔡燕良十分口硬，堅
決不說，於是章志萍就決定嚴刑迫供，找韋自如帶同其他小
弟，持電擊棒和木棍等痛毆蔡燕良，還用手扣把他鎖在鐵門
上，以防他逃走。

　　蔡燕良每次被打都會說出一個藏錢地點，當章志萍偕小
弟前往，卻屢屢撲空，回來後則惱羞成怒，對蔡燕良一輪拳
打腳踢，如此不斷循環，足足虐待了三天。跟過去筆者談到
很多的案件如出一轍，行兇者其實有很多機會挽回敗局，救
回一命，但他們都視人命如草芥，不知所進退，彷彿瘋了般

不懂停下來，像上癮般繼續施虐，蔡燕良終於承受不了，氣絕身亡。

受虐者死後，施虐者想到的亦從不是報警求助，而是毀屍滅跡。

章志萍吩咐小弟解開手扣，放下蔡燕良，然後先用電線綑綁蔡燕良已經不會再動的手腳，再以棉被包裹屍首，五花大綁放進木箱之中。

翌日，章志萍特意遣人去租輛小貨車，將屍首運到桃園大溪，打算於荒野焚屍，小弟們還到附近的加油站買了四加侖的汽油打算助燃，沒料到火勢太猛，在燃毀屍體的同時亦因大量冒煙而引來附近一家公司的保全人員，因而揭發。

賴義芳聽過事情的來龍去脈後，嘗試聯絡桃園警方，桃園警方回覆兩年前的確發生過一件命案死者為蔡燕良，還反問賴義芳為何提起，沒想到賴竟然逮到主犯，並提出重要線索，而一切竟源於死者亡魂報夢。

警方於是根據章自君提供的線索準備把其餘共犯一網打盡，奈何媒體報導時走漏消息，讓其中一名主謀章志萍知道，並在警察上門前先行自盡。

事後據章志萍的親友講述，近兩年章志萍性情大變，猶

如惡靈附體，暴躁易怒，經常失控，身邊的人都怕了他。

至於其他共犯，都說當日殺人燒屍之後，心理壓力極大，經常胡思亂想，日子難過，如今被捕，反而得到解脫。

案件終於水落石出，正如蔡燕良在賴義芳的夢中提到，他亦非什麼好人，只是壞人也不見得就應該死得冤枉，如今冤屈已伸，他的亡魂能否超脫，就得看他自己的造化了。

人間 × 靈界

第二章

靈異奇案

三色狼姦殺西施
惡女鬼夜夜縈纏

　　2001年1月6日傍晚，警方接報有民眾於台中縣新社鄉結城村一處偏僻的農用溝渠發現一具又似人偶又似屍體的東西。

　　警員到場後，發現那的確是一具女性裸屍。由於到場的只是偏僻派出所的備勤員警，遂急忙通報上峰，派鑑識人員到場調查。

　　經初步採證，初判女死者十分年輕，身上沒有任何衣物，屍體曾被縱火焚燒，臉容盡毀，毛髮盡丟，身份難認。女屍頭部後方，後腦勺的位置整個凹陷，疑曾遭硬物打擊致腦漿外溢，很明顯就是一宗兇殘的殺人案件。警方在現場進一步搜索，卻沒有發現死者的任何身份證明文件，只發現一串粉紅色串珠手鍊和兩枚戒指。

　　這案件剛巧由我在《靈異謀殺案》一書中提過的高大成

法醫助查，他在解剖後發現頭部傷口有多處不規則裂痕，疑似由不同兇器造成，推測兇手不只一人。再檢查女屍下陰，發現大腿內側有皮下出血，陰阜紅腫，陰道有傷，子宮出血，同時亦發現大量精液，可斷定死前曾遭性侵。

警方立即組成專案小組，第一步要做的就是查出女死者的身份。

女死者被發現時赤裸，衣服被放在旁邊同樣被火燒過，雖然而已破損焦黑，但從殘骸仍看得出來是性感衣裝，加上女死者年輕，身材姣好，我在前作中就提過台灣警方似乎有某種偏向懷疑女死者是從事色情工作，這次也不例外，認為女死者可能是從事所謂的「八大行業」，即視聽歌唱業、理髮業、三溫暖業、舞廳業、舞場業、酒家業、酒吧業和特種咖啡茶室業，共八種行業。

只可惜警方這次又猜錯了，猶幸高大成法醫檢查女死者的腳掌時，發現腳趾並非緊緊排在一起，而是有些間距，推測是經常穿人字拖所造成，這並不合乎八大行業的衣著，倒讓他聯想到檳榔西施。高法醫的這個推測亦得到了專案小組的附和，因為小組從女死者腳上皮膚的曬痕推斷，她生前的確很有可能經常穿人字拖才會有這樣的痕跡。

既然英雄所見略同，警方就決定依循這個方向去查，於是通過媒體放料，特別強調死者是檳榔西施。這一招果然奏效，警方很快就收到一通來自同樣當檳榔西施的女子報稱，說她的好閨密小芳失蹤多天，懷疑死者就是小芳。

警方馬上邀請這名女子助查，她憑那條遺留下來的粉紅色珠鍊和戒指，認出死者就是小芳，小芳生前跟她一起在台中大雅的貂蟬檳榔攤工作。

女子回想起小芳正是屍體被發現前一天開始失蹤的，她最後一次見到小芳時，小芳告訴她自己要和三名客人外出唱歌，還問她要不要一起去，只是女子當時拒絕了，沒料到小芳卻慘遭毒手。相信這女子心裡亦是五味雜陳，若當時有陪小芳同去，到底會同遭殺害還是能救小芳一命呢？

可惜世事沒如果，但求提供出能讓警方破案的線索就已經很好了。

求助城隍廟

女子憶述當時有三人開著一台白色豐田轎車來接小芳，車前擋風玻璃貼有很醒目的紅色貼紙，可惜沒記著車牌號碼，這無疑增加了搜查難度。

與此同時，警方嘗試聯絡小芳的家人來認屍，但由於屍體容顏盡毀，家屬亦未敢肯定死者就是小芳，只好協助進行DNA比對，由於比對需時，當下仍未確認女死者身份。

好巧不巧，這時又有民眾報案，說在附近水溝發現可疑背包，警方到場調查，發現裡頭有一些女性衣物，一柄經檢驗後發現染有女死者血跡的鐵槌，以及小芳的身份證明文件。相信死者就是小芳，及後待DNA比對結果出爐，確認死者的確是小芳。

閨密越想越多線索，繼續向警方供稱自己在1月6日凌晨時曾三次接到小芳來電求救，說自己被姦，又說想要回去，叫閨密要在檳榔攤等她，通話期間小芳曾喝斥旁人不要摸她，未幾電話就被強行掛斷。

警方掌握了死者身份、又已經發現兇器、又知道嫌犯極有可能是死者的三名客人，看似已有眉目，但調查依然如陷泥沼。

警方發現該款白色豐田轎車在全台灣多達五千多輛，只是台中就有上百之數，逐一調查後卻毫無發現。

調查未果，專案組涂組長忽然想到小芳生前與兇嫌們所去的KTV旁正好有一間上兩百年歷史的城隍廟，於是就跑到

城隍廟去，痛陳案情，說有惡人在城隍爺眼下擄人姦殺，城隍爺若是有靈，就恭請祂助警方破案，以彰公義。

或許真是城隍爺有靈，涂組長才剛跨出城隍廟，忽然福至心靈，跑到附近一處工地去調查，竟真的找到有用線索。原來這工地曾發生失竊案，一部手機被盜，而該手機門號竟然曾經致電給小芳，雖然只是短短六秒，而且小芳並未接聽，但已足夠成為極重要的線索。因為警方翻查小芳的聯絡記錄，這是唯一一通陌生來電，而其他與小芳曾在事發前數天有聯繫的人經排查後被認為並不涉案，更讓警方認為這通六秒來電極之可疑。

工地主任指失竊手機是被一名為張鎮興的人偷去，他來當臨時工，豈料第一天就偷竊後失蹤。

這次才真的有了眉目，至少有個人名，有個電話號碼，於是警方就追查這號碼曾聯絡過什麼人，竟發現它與兩名有性侵前科的兄弟劉榮三和劉榮華聯繫密切，小芳的死是否就與這三人有關？

警方繼續深入調查，發現劉榮三和劉榮華竟然都住在新社鄉，可謂近在咫尺，這麼一來他們的嫌疑就更深了。

先前小芳的閨密提到當日去接小芳的是輛白色豐田，警方也就查一下這對劉氏兄弟是否也有一輛，結果真的查到劉氏兄弟的母親確實買過一輛白色豐田轎車送給劉榮華。

心理戰

這麼一來，看來答案八九不離十了，警方決定採取行動，要將三人逮捕歸案。但三人早收風聲，畏罪躲藏，警方幾乎把整個台中都翻轉了仍找不著三人，最終幾經辛苦終於在台北市三重區抓獲三人。

三人既然都東躲西藏了，當然就是想逃避法律責任，警方知道要三人乖乖認罪不易，於是就想打心理戰，在運送張鎮興回警局期間，刻意半句話也不說，希望給予張鎮興沉默的壓力。偵訊時又將一大堆死者遇害後及解剖後的屍首

照片給張鎮興看，企圖突破他的心理關口。但張鎮興卻一直扮傻，還反問警員是誰那麼殘忍。結果，警察對他曉以大義（只是把刑求說得好聽點），張鎮興才承認自己往檳榔攤光顧後垂涎小芳美色，想要追求。及後相約小芳外出唱歌，把她灌醉後與劉榮三在車內性侵小芳。

張鎮興供稱由於事後小芳稱要控告三人，劉榮三惱羞成怒，起了殺心，張鎮興和劉榮華只好附和。劉榮華認為一不做、二不休，既然開了殺戒，就要不留證據，於是殺人後就縱火毀屍，棄屍荒野，以為神不知鬼不覺。

三人哪知道不單城隍爺把一切看在眼裡，小芳的鬼魂也不打算放過他們。

原來三人在犯案後初期雖成功逃過警方追緝，卻逃不過惡鬼追蹤，幾乎晚晚都見到小芳的冤魂前來索命。劉榮華因此心神不靈，先後三次無緣無故發生交通意外，險些車毀人亡。其實當晚殺人棄屍後，三人駕車離去時，原本明明十分鐘的車程，他們卻遇上鬼打牆，在山裡轉了三小時才成功下山，總言之靈異事不斷發生，讓他們一直提心吊膽。

警方以掌握到的案情接續盤問劉氏兄弟，兩人心緒不靈，終於開口承認殺人，坦白之後反而如釋重負。

兩人進一步吐露案情，原來當晚的確是把小芳灌醉侵犯，但當時未起殺意，還曾經丟三千元給小芳，想把錢當肉金來解決。但小芳不依，因為她原本是真以為跟三人出去玩玩而已，豈料卻遭強姦，心裡怨恨，於是就三次致電閨密抱怨，最後在逃走時被打死。

警方將三人送上法庭，面對囚禁終身、甚至是死刑，最初劉氏兄弟還編了些故事企圖蒙混過關，有時就說是小芳主動色誘、又有說小芳想勒索他們、又說是小芳自焚等，不盡不實，全不合理，法官根本不信。此案經不斷上訴，足足審了八年，最終沒有直接參予殺人的劉榮華被判了十二年有期徒刑，殺人主犯劉榮三被判死刑，協助殺人的張鎮興被判無期徒刑。

三人被收監之後，在獄中有傳聞張鎮興及劉榮三兩人每晚都會被鬼壓床，床舖還會出現不明黏液，嚇得兩人心驚膽裂，最後皈依佛門才再沒發生。

案件以外

此案最靈異的地方還在後頭，卻與三名罪犯無關。

據高大成法醫憶述，當日他接到檢察官電話通知他需要

協助解剖，於是他就帶同一名學弟（類似學徒，當時仍未是法醫）前往。

沒料到走進太平間，就在解剖之前，那名學弟見到小芳遺體，竟貧嘴貧舌起來，說死者漂亮，死了可惜，該娶回家做老婆，幹嘛要下毒手云云。我在我的鬼故作品中不只一次提過這些禁忌絕不可犯，我以前就聽聞過有消防員亦說過類似的話，結果被冤魂纏上，而高大成的這位學弟也不例外。

高大成當然有立即出言責備，但一切都遲了。

那名學弟反正不信，也就沒放在心上，豈料解剖後駕車回家時，他的妻子從二樓處見丈夫駕車回來，副駕席竟坐了個女人，以為有客到，就馬上簡單執拾一下。

到丈夫打開家中大門，卻只他一人回家，妻子感覺奇怪，還問他不是帶朋友回家作客嗎？

高大成這名學弟忙說沒有，只有他孤身一人，還以為妻子在開玩笑。

妻子將信將疑，還在想丈夫是不是有什麼不可告人的秘密瞞著她。

到吃飯的時候，兩人對坐用膳，妻子抬頭一望，竟見丈夫背後陽台位置有個女人走來走去，不斷徘徊，大驚告之丈

夫，哪料丈夫一回頭，女人就不見了。如此這般連續幾次，丈夫罵妻子胡說八道，妻子忙說是真的，最終兩人對調座位，未幾丈夫真的見到陽台有個女人，正是被解剖的小芳，幾乎嚇得他魂飛魄散，六神無主。

這名學弟知道自己卡到陰，或許是因為自己有錯在先，竟不敢告訴他人原委，悶在心裡，在之後的半年間，他竟由有九十五公斤的肥胖身型，直掉了三十公斤剩下六十五公斤，而且面容憔悴，變了個人似的。

直至有一次，他跟高大成一同解剖時，忽然昏倒地上，高大成感覺不對勁，追問下學弟才吐出真相。

據學弟說，自從女鬼出現後，不單一直不走，還每晚都與他同眠共枕。

結果，高大成勸他找道士幫忙，道士幫忙作法之後，好不到兩三天，女鬼又回來了。

高大成又帶學弟去找道士，道士似乎早知兩人會來，一開口就問他學弟：「我就叫你要讓她走，為什麼不讓人家走？你是想怎樣？你不願放下，我也幫不到你啊！」

學弟懇求道士再次幫忙，於是道士再次作法把女鬼趕走。

但一個星期後還是回來了，女鬼回來了，學弟也回來了。

道士也覺得奇怪，為什麼女鬼趕極都不走？後來在「深入調查」後，發現那學弟該與女鬼有苟合之事，竟讓女鬼懷孕了（看倌可能覺得誇張，但的確有很多人鬼交媾的說法）。

　　學弟大驚問有否解決方法？

　　道士說有，但得做點犧牲，說要把他的種都留給女鬼，作法之後，女鬼就會帶著那鬼胎離開，他則會絕後，無法讓任何人懷孕。

　　學弟權衡過後，認為可以，於是就請道士寫符施咒，女鬼真的從此消失不見，而他事過二十年又真的沒有下一代。

　　真是奇聞，信不信由你。

積犯殺人兼燒屍
女鬼纏身味焦臭

　　鬼故事相信會買本書的讀者都聽很多，但鬼故一般都是單一事件，集體撞鬼或集體目擊的個案少之又少。接下來要跟大家說的甘蔗園燒屍案，犯人被冤魂纏身，不單他自己見到，竟然連法警和書記官都見到，認真邪門。

　　2007年3月8日傍晚，嘉義縣義竹鄉一處人跡罕至的甘蔗園，當日偏偏來了位不速之客，是從外地來的王先生。王先生為什麼會從大老遠跑到那麼偏僻的甘蔗園呢？原來他只是路過想抄捷徑，卻在甘蔗海中迷失了方向，兜兜轉轉見路旁停了輛機車，在台灣有機車的地方就很大機會有人，王先生遂下車找人問路去。豈料人找不到，卻發現了一具燒焦了的屍體，是王先生倒楣，還是上天的安排？

　　王先生趕緊報警，警方到場後想確認死者身份，卻不知從何入手，因為死者的容顏已成焦炭，難以辨認，現場亦無能證明她身份的證件，不過卻在屍體旁發現了一部手機。

這部手機會是警方查出死者身份的關鍵嗎？

警方並不抱太大期望，因為手機跟屍體一樣焦得像塊黑炭，連裡頭的電話卡也燒至彎曲變形。警方拚著死馬當活馬醫的心態，把彎曲的電話卡重新扳直後插進其他手機試試，電話竟立即響了起來，到底來電者是誰？

警方接聽，話筒的另一端傳來一名老婦焦急的話聲，問接聽的刑警：「你是誰？這是我女兒的電話，為什麼由你來聽？」話中又是緊張、又是擔心。

「我女兒到底哪裡去了？」老婦最擔心的還是這個問題，看來她女兒已失蹤好一陣子，她找得好苦。

刑警心裡已猜到老婦與死者的關係，知道把真相說出來老婦一定痛心疾首，但不解釋又不行，最終只好如實相告手機是在焦屍旁發現，警方現正查明死者身份。

老婦告之警方，這是她愛女的手機，女兒迄今已失蹤了一個星期。老婦繼續憶述，說女兒是2月28日早上出門，當天心情不好，說約了人到外面走走，卻從此一去不返。

說到這個關節眼上，無論警方還是老婦都心中有數，但警方仍然要先請老婦過去認屍，確定死者身份後才可以接續調查。

老婦懷著沉重的心情，通過死者身上的手錶和鑰匙確認，死者就是她的女兒

嫌疑男子

阿如腕上的手錶永遠停在一時零八分這個時間。

警方深入調查，追問老婦有關阿如的事，這才知道她們一家在嘉義沒有任何地緣關係，沒親戚沒朋友，對阿如為什麼會出現在嘉義也是一頭霧水。

到底住在台南的阿如，她的屍體為什麼會出現在嘉義呢？

阿如當時三十二歲，在一家保安公司當會計，沒有債務問題，沒有男朋友，交友狀況單純，完全想像不到她會與任何人有深仇大恨。

不過，阿如在失蹤前曾向家人透露心情欠佳，說有同事請她幫忙挪用公司的管理費用高達二十萬元。正常情況下這樣無理的要求當然應該予以拒絕，但阿如竟然一時心軟答應了，結果卻惹上麻煩，被指挪用公款。阿如被此事困擾，2月28日當天正是為此事憂心而出門散心，卻一去不返。

其實阿如的家人在當晚就已經報警求助，台南警方曾追查過阿如的手機通話記錄，發現撥給她的最後一通電話是來自公共電話亭，翻查監視器記錄，致電她的是一名身穿間條衫的男子，他到底是誰呢？

　　警方認為這名男子甚有嫌疑，但對他卻一無所知，正愁不知該從何查起時，到公共電話亭實地查探的偵查隊隊員卻發現一名身穿一模一樣衣服的男子出現在不遠處，坐在附近與人攀談。

　　這不正是「踏破鐵鞋無覓處，得來全不費功夫」嗎？

　　偵查隊員對於這樣的巧合心裡面也是吃驚，卻不動聲色，心想先不要打草驚蛇，遂沒有直接上前查問，而是先走訪附近民眾，打聽消息，知道他是附近一間公司的保全人員，叫做陳瑞祥。而他工作的公司，正是阿如工作的公司。

　　知道他姓甚名誰，要起底就容易得多，警方翻查資料，更覺得他嫌疑十足，因陳瑞祥竟然有強盜和性侵害等前科，是個慣犯，現正在保釋階段，這種人什麼都做得出來。

　　警方越挖越深，發現陳瑞祥曾經在嘉義住上一段時間，有著不淺的地緣關係，而根據他公司同事供稱，陳瑞祥在2月27、28日兩天休假，這不正好有時間犯案嗎？

陳瑞祥與阿如同一公司、在阿如失蹤當天休假、發現阿如屍體的嘉義是陳瑞祥熟悉的地方、陳瑞祥跟阿如通過生前最後一通電話，種種跡象都在顯示這絕非巧合，陳瑞祥被列為頭號嫌疑人。

然而，單憑這些證據還不足以認定陳瑞祥就是殺人兇手，警方還需要一些更有力的證據，於是就去調查路上的監視器，由屍體發現地點擴散開去，逐個路口去看，終於發現了一輛灰色休旅車在屍體發現處附近的道路足足徘徊了三、四遍，深有嫌疑。

警方鎖定這輛車，不斷調閱監視器，不單發現它在屍體發現地附近徘徊，還發現它是從台南駛到嘉義的。警方緊抓這難得的線索不放，接著還派偵查人員駕車模仿該車輛當時所走的路線來跑，途經一加油站時，偵查人員福至心靈，下車詢問加油站人員，調閱該加油站的監視器後竟發現阿如的身影。

阿如從灰色休旅車走下來去上廁所，這正是她在世時最後的影像。

那麼開這輛灰色休旅車的到底是誰呢？

警方繼續追查，發現車主是來自台南的郭小姐。

郭小姐供稱，在二月二十八日當天，車子剛巧借了出去，借用的人正是陳瑞祥。與其說借，不如說租，郭小姐清楚地指出借車代價金額為一千五百元。

陳瑞祥借車來做什麼？他跟郭小姐說是為了回嘉義掃墓，然而阿如卻出現在車上，陳瑞祥到底會如何解釋？

在聽取陳瑞祥解釋前，警方直接扣查車輛，把它搜個底朝天，結果真的在車底找到了一些芒草、鬼針草和黃色泥土，這三種東西恰巧也在發現阿如屍體的甘蔗園附近找到，這代表它曾經出現在該處嗎？

借車的陳瑞祥會如何解釋？

陳瑞祥最初表現合作，說車的確是他借的，亦是他開的，並無借上借給其他人，不過他的證供卻不盡不實，交代出來的行蹤與警方調監視器所見的可說是南轅北轍，完全不同。

陳瑞祥極力掩飾，卻始終逃不過警方的法眼，他屢改口供，卻不斷被警方揭破，他到底想掩藏什麼秘密呢？

燒焦的臭味

　　警方也不跟陳瑞祥客氣，把已知的證據攤在檯面，陳瑞祥見到阿如下車的畫面時也是百口莫辯，唯有承認的確有載阿如到嘉義，但對阿如的死卻堅稱並不知情，委實厚顏無恥。

　　奈何警方只有陳瑞祥曾經載阿如從台南跑到嘉義的間接證據，並無他殺人的直接證據，只要他矢口不認，一時三刻也入不了他罪，只能透過法院暫時收押他。

　　後來，陳瑞祥從看守所出來了，警方又帶他去遊車河，要跟他到當日發現屍體的地點。行車期間，一名刑警福至心靈，突然向陳瑞祥提問說：「在看守所裡，阿如有去找你嗎？」

　　陳瑞祥聽罷一愣，沒有承認，也沒否認，刑警見他的心防似被擊破，連忙追問：「你是用什麼燒的？」

　　陳瑞祥沉默片刻，終於開口說：「我認了。」

　　陳瑞祥認了，說自己是用塑膠管從車中吸取汽油放進飲料膠樽再拿去焚屍的，事後警方在陳瑞祥家找到了抽油管和火機等證物，證實他所言非虛。警方還在他當天所穿的衣物上找到了鬼針草和與屍體發現現場吻合的泥土，跟先前在車

上找到的亦如出一轍。

陳瑞祥重回屍體發現處時渾身發抖，口中一直唸唸有詞說：「不要再來找我討命了。」

據陳瑞祥供稱，他被關在看守所的每一天，阿如的冤魂都來找他，他實在是受不了，所以選擇了坦承認罪，唯盼阿如別再出現。

阿如的冤魂真有去找陳瑞祥嗎？還是一切都不過是陳瑞祥作案心虛，產生幻覺？

據聞，陳瑞祥當日借來的灰色休旅車，事後車主郭小姐總是嗅到一陣燒焦的臭味，以為是她先入為主的心理作用嗎？但對殺人案毫不知情的停車場保安，卻在經過該車時也發現四周瀰漫焦臭，這絕對不是巧合。

那麼，會不會是當日陳瑞祥就在車旁焚屍，車裡的皮革坐椅什麼的把味道都吸了進去呢？有養車的人就知道，車裡的氣味最難清除，若在車裡打翻了食物，真的會好一陣子都清除不了。然而，當日陳瑞祥把屍體拖到距離停車點足足一百五十米外的地方進行燒屍，相隔那麼遠，應該不會吸到氣味吧？

車輛本身亦無燒焦的痕跡，所以，車內的焦臭味到底從何而來？

車主郭小姐百思不得其解，有感事後諸事不順，心緒不寧，於是就到宮廟去收驚和祭改，未料甫進宮門還未道明來意，宮裡的師傅就問她怎麼車上有隻女鬼，似是含冤被困，只怕兇手伏法前也無法投胎轉世。

冤有頭，債有主，有讀者可能會問，阿如的亡魂不是應該纏著陳瑞祥才對嗎？

有的，當陳瑞祥被移送到地檢署時，當值的法警和書記官也嗅到了同樣的焦臭味，直到庭審結束後，味道才漸漸散去。書記官甚至看到陳瑞祥身後跟著一隻女鬼，身形外貌俱與阿如相像。

人有三魂七魄，人死後七魄盡滅，三魂則各有歸處，但阿如含冤受辱，三魂分別糾纏在不同地方，也不出奇。

說來說去，陳瑞祥到底為什麼要殺阿如？

陳瑞祥為了阿如不再找她討命，終於向警方和盤托出。

原來陳瑞祥假釋出獄後到保全公司任職，期間又因違反《動產擔保交易法》案件，急需銀根與銀行達成和解，否則恐怕假釋會遭撤銷。陳瑞祥知道阿如正為挪用公款一事而惆

悵萬分,遂假借可以為阿如解決事件之名,誘她上車。

　　阿如可能因為挪用公款一事而著慌失神,猶如在大海中遇溺,抓住飄浮的海草卻以為是救命繩,竟然誤信陳瑞祥的謊言,隨他上車。

　　陳瑞祥也是胡塗,阿如連自己的事都忙不來了,還怎有餘力幫他?陳瑞祥開口問阿如要錢,被阿如一口回絕,兩人談不攏,可能阿如也是有些生氣,就說要將陳瑞祥的事公告天下,結果陳瑞祥一怒之下錯手將她勒死。

　　陳瑞祥殺人後繼續駕車前往嘉義,駛進甘蔗林裡燒屍,以為能瞞天過海,沒想到天網恢恢,疏而不漏,被根本不識得路的王先生誤闖甘蔗林而揭發命案。

據偵查隊調查發現，阿如腕上的手錶停在1時08分，推斷死亡時間為12時半至2時，奇就奇在阿如的母親聲稱當日12時許在家裡見過阿如出現，但時間上卻是不可能的，難道她見到的是阿如的鬼魂？

最終，陳瑞祥被判無期徒刑，他在入獄後不久即被診斷患上末期腎癌，獲准保外就醫，期間他竟然再度犯下強盜案，真是死性不改。陳瑞祥持刀打劫，還企圖性侵，女事主負隅頑抗，保住貞節，卻免不了被拳打腳踢，最後受傷並失去皮包。警方追查後找到陳瑞祥，檢出贓物，證據確鑿，再次送上法庭，陳瑞祥最終在判刑前就病死了，劃上破爛人生的句號。

筆者必須說，世界上有些人真是永不悔改，死不足惜的，陳瑞祥就是其一。這樣的人渣，給他保外就醫真是仁至義盡，卻讓他因此有機會繼續犯案，司法機構真是責無旁貸，理應檢討。

舞小姐慘遭分屍殺
鬼猛腳求助破奇案

分屍案全世界都有，之所以要分屍，不外乎幾個原因。首先，分屍後較容易毀屍滅跡，例如斬件烹煮，屍塊太大放不下煮食鍋具，分屍後就可以分開幾次處理。其次就是易於運輸，由於屍體體積龐大，運送起來超不方便，放進大行李箱，人人以為你去旅行，樓下保安見到還問你要去哪裡遊埠，也不知該怎樣回答，但分屍成細件就沒有這個問題了。這樣說當然有些政治不正確，但有不少行兇者真的抱有這個想法。

筆者並非想「建議」大家有機會殺人的話記得分屍，其實分屍也有不少缺點，例如分屍過程中用刀、鋸、斧來砍、劈、鋸，結果血肉橫飛，難以清洗乾淨，最終被警察找出血跡甚至肉屑的比比皆是。其次，很多兇手分屍後會選擇分散棄屍，這樣卻增加了曝光的風險，而且越去得多地方，就留下越多的痕跡。

所以說，還是奉公守法的好，因為天網恢恢，疏而不漏，世上可沒有完美犯罪。

　　接下來要說的分屍案，靈異成分不多，但我和我的朋友卻有相類似的經驗，因而引起我的興趣，想要跟大家分享。

　　1994年4月15日早晨，在台北市水源路河濱公園，有清潔人員發現在一斜坡底下的水泥地上有一包用黃色膠袋包裹著的東西，起初以為是有人亂丟垃圾，打開來看後幾乎嚇得魂不附體，裡頭裝的竟然是一對人手。

　　清潔工驚嚇之餘依然克盡己任，報警求助，偵查隊隊長的名字可能大家都不感到陌生，是現在已貴為市長的侯友宜，他帶著屬下們到場搜證，鑑識人員打開膠袋來看，發現一雙斷臂，初步推斷是屬於女性，指甲塗上鮮紅色的指甲油。

　　一如以往，台灣警方就是喜歡將女死者猜想成妓女、又或當特殊行業的人。侯友宜也不例外，推斷女死者從事特殊行業，不過他有試著給出原因，說當年台灣民風純樸，大家閨秀可不會濃妝艷抹、花姿招展。除此以外，警方還發現殘肢右手尾指有不自然彎曲，應該是曾經受傷造成的缺憾，算是個認識死者的人或許會注意到的特徵。

殘肢誰屬

查案就是要弄清楚時、地、人，殘肢誰屬有待查證，哪棄屍者為什麼要將屍塊棄置在公園那麼顯眼容易被發現的地方呢？一般來說，棄屍不是應該挑些盡量隱蔽的地方嗎？例如荒山森林之類，又或丟進垃圾場讓屍塊被處理掉。

警方抬頭一看，見斜坡之上是一條快速公路，加上用來包屍的膠袋上有磨擦的痕跡，推斷兇徒很可能是從快速公路把屍體扔下的。

翌日早晨，桃園蘆竹一處工地又發現了屍塊，這次是胸腹部。警方馬上為屍塊進行對比，由我在《靈異謀殺案》已提及過的見鬼法醫楊日松主理，從切割痕跡研判這些屍塊均來自同一人。雖然還未找到最易確認身份的頭部，但法醫從新獲得的殘肢推斷死者該是中年女性，身高約160公分，加上先前紅色指甲油和尾指缺憾等特徵見報之後，很快就有一名姓鄭的男子聯絡警方，說看到斷手尾指的缺憾，懷疑死者是他的乾姊，而且其家人早在幾天前就報警說她失蹤了。

警方於是派鑑識人員到其家採指紋與斷手上的指紋作比對，兩者果然吻合，確定死者名叫張惠慈，而先前侯友宜的猜測亦沒錯，她的確從事特種行業，在台北一間名為新加坡

大舞廳的娛樂場所上班。

那個年代的台北很多舞廳，燈紅酒綠，大有華燈初上的氣氛。新加坡大舞廳是當中規模較大的一間，全盛期旗下有多達六百位小姐。筆者對舞廳運作並不熟悉，但單聽人數已經知道厲害，小姐已多達六百，客人就更加難以數算，全都來自五湖四海，少不免品流複雜。

由於碎屍案大都是熟人所為，警方一開始便以情殺和劫殺兩方面調查。情殺，可能是客人間爭風吃醋；劫殺，因為舞廳這種地方很多錢財進出，加上張惠慈是當中紅牌，人客眾多，賺錢不少。雖說有了個方向，但舞廳這種地方人客眾多，而且龍蛇混雜，很多不見得光的人和事都在裡頭，查起上來並不容易。

幸而張惠慈的乾弟能提供不少有用情報，他說最後一次跟張惠慈見面，就在幾日前親自送她到林森北路的華泰飯店，聽她說是有一位商人要介紹她買珠寶，她到飯店後轉乘另一黑色轎車離去，從此失蹤。

這位張惠慈口中的商人是誰？警方一時未有頭緒，於是就還原基本步，先從她身邊的人查起。

原來張惠慈曾經結婚，離婚後為了獨力撫養愛女才當舞

小姐，據悉她賣藝不賣身，很少跟客人外出。

至於張惠慈的前夫，兩人離婚後已各走各路，沒再糾纏。

由於很多案件的兇手往往就是報案者，所以警方連張惠慈的乾弟鄭先生也查了，但兩人關係融洽，加上根據法醫推斷的遇害時間為4月13至14日，鄭先生也能詳細交代自己行蹤，故嫌疑不大。

警方於是繼續根據鄭先生提供的資料追查，從華泰酒店的監視錄像真見到張惠慈上黑色轎車的畫面，證實他所言非虛。既然拍得清楚，再看車牌號碼，一查發現是輛出租車，租車者名叫方金義。

警方一挖這方金義的資料，竟然是個犯下性侵和強盜案的死刑犯，這樣一來，說不是他做也沒人信了。

不過話說回來，為什麼台灣常常會有些死刑犯可以繼續犯案呢？逃獄就這麼容易嗎？真讓人摸不著頭腦。

警方當下大為緊張，若為財為色，這樣的積犯，隨時再犯啊！

全力追緝

有了目標人物，查起上來就順手得多，警方又跑到新加坡大舞廳去問，原來很多職員都識得這方金義，說他身光頸靚，財大氣粗，聞說是個珠寶商人云云。職員們說方金義之前不時蒞臨，卻在張惠慈失蹤後再沒出現，很明顯就是身有屎。

警方幾乎可以確定這件命案方金義脫不了關係，於是開始全力追緝他。第一件事就是在租車公司埋伏，打算在他還車時拘捕他，但到了4月18日還車的日子方金義卻沒有出現。警方以屍體發現地點、舞廳和租車行為中心，發散人手找了幾天，卻始終一無所獲。

警方大為沮喪，卻不願就此放棄，就在一名警員漫無目的閒逛時，卻忽然目睹該車在面前駛過，真是踏破鐵鞋無覓處，得來全不費功夫。警員馬上把車攔下，發現司機正正是方金義，馬上將他帶回警局協助調查。

警方也不浪費時間，一來就開門見山的問方金義：「那天張惠慈上了你的車後，你把她載到哪裡去了？」目的就是要施個下馬威，讓方金義認為警方已掌握了大量情報，不敢造次。

方金義是個慣犯，早慣了跟警方打交道，並沒有被警方套話，而是推卸責任的說車雖然是他租的，但他把車借給一個叫阿林的朋友，把殺人分屍的罪責都推到阿林的身上。然而在警方追問下，他卻交代不出阿林到底是什麼人，也講不出其下落，加上證詞反覆，明顯就是編故事意圖誤導警方。

警方當然不信方金義的鬼話，先是從他身上搜出一條疑似是張惠慈所有的金鏈，又發現他曾經到當舖典當的收據。查問當舖發現是一隻價值不菲的金錶，問方金義金錶來歷，他又交代得不清不楚，警方懷疑都是他劫殺張惠慈所得，於是押他回住所搜查，發現有特別清洗過的痕跡，很可能是在分屍後清理現場所致。最關鍵的證物是，警方竟然在方金義的住所找到與放張惠慈雙手的同款黃色膠袋。

另外，根據大廈管理員供稱，曾屢次見方金義攜著大型黑色垃圾袋離開，警方推斷裡頭裝的很可能就是被分屍的張惠慈。

警方基本上已認定張惠慈是方金義所殺，也不轉彎抹角，直問他其他屍塊丟棄在哪？

方金義卻認為警方只要找不齊屍塊，特別是頭部，也說不上有足夠證據指控他殺死張惠慈，遂表現得極不合作，一時說丟在東邊，一時說拋在西邊，存心戲弄警方。

警方這邊廂被方金義帶著大話西遊，但另一邊廂卻沒有閒著，繼續搜證，先是在方金義所租的汽車後座找到血漬，血型與張惠慈相符。及後，又在楊日松的帶領下徹底搜索方金義的住處，尤其是經過他反覆清洗的浴室，終於在去水口鐵片下的隱蔽位置發現血跡反應。

　　方金義見證據被越挖越多，知道大勢已去，才終於承認殺人。原來當日他以介紹買珠寶為名誘張惠慈上車，其後問張惠慈借款十萬被拒，兩人初則口角，繼而動武，結果方金義把張惠慈勒昏，其實當時張惠慈並未死去，方金義卻誤以為已經殺了對方。

　　方金義最初想要直接棄屍，但認為屍體龐大，直接運走難掩耳目，便決定買些刀具來分屍，最後活生生把張惠慈砍成七份，然後駕車在公路上隨處丟棄。

　　雖然方金義已經認罪，但在情在理警方也希望替張惠慈找回全屍。

　　警方動員大量警力搜索，本來對能全部找回並不抱太大期望，結果卻如有神助，終成功把屍骸全找了回來。

　　搜索行動並非是一開始就那麼順利的，警方按方金義提的口供去到汐止公墓尋找被丟棄的一雙腳，找了大半天卻怎

樣都找不到，正打算收隊時，其中一位撿骨師說：「昨天我夢到張惠慈拉我的腳，麻煩再找多最後一次好嗎？」

結果，再找沒多久就找到了。

亡魂求助

這不期然讓我想起了我過去在拙作中分享的故事。

朋友帶隊在香港的神秘地域長年排第一的鎖羅盤參與一宗搜救行動，民安隊、消防隊、警隊一同參與，已經來回走過很多遍了，依然一無所獲。就在要宣佈收隊的當兒，朋友突然福至心靈，好像有把聲音要他留下，負責帶隊的他決定回頭再找最後一次，沒料到甫往回走，就發現路旁有一具屍首，明明近在咫尺，先前幾十人行過也見不到，這時卻突然出現，讓人不禁懷疑所有人都被鬼掩眼，又或屍體在結界當中，十分邪門。

筆者當救護員時又親身試過接一宗救護服務，要處理酒醉不適病人，剛下車臨上樓前還打算輕裝上陣，我耳畔卻突然響起一把男聲叫我一定要帶齊裝備，我心下不安，大膽向主管提議要多帶裝備，上到求助單位，發現病人已經沒有呼吸脈搏，需馬上進行心外壓急救。

所以，對於亡魂提醒求助一事，我是深信不疑。

在這件分屍案尋找失落屍塊的過程中，除了疑似張惠慈顯靈外，冥冥中也似乎有些安排，讓她的屍體得以湊回。

為什麼這樣說呢？

因為其中一袋殘肢被拋到公路的安全島上，已經被清潔隊收走並運到垃圾場，由於前後已事隔一個月，按一般流程一個月前的垃圾應該已經送進了焚化爐燒掉。警方期望不大，只是盡人事去垃圾場查看，才發現焚化爐竟壞了近一個月，垃圾堆積如山，換言之張惠慈的殘肢很有可能還未被燒掉。不過話分兩頭，焚化爐壞了一個月還未修好，到底是什麼效率？就這樣讓垃圾不斷堆積，雖然從結果來看現在為警方帶來一線希望，但從衛生來說應該不太好吧？

無論如何，警方出動大量人手，加上挖土機幫助，最終真的皇天不負有心人，給警方在垃圾山中找到張惠慈的頭顱[1]。

最後，被方金義拋到溪洲橋下的，明明隨河流沖出大海，卻從桃園繞了一圈漂到北海岸後沖上翡翠灣岸邊，警方找到後總算還張惠慈一條全屍。

方金義最終被判死刑，唯在行刑前就在獄中因病逝世。

案件就此落幕，但台灣的假釋制度或仍有讓人詬病之

---

1 這部份與「井口真理子案」有點相似，不同的是井口真理子的頭顱最終都沒有找到。詳情可看筆者拙作《靈異謀殺案》。

處，台灣人經常取笑某些法官為恐龍法官，經常引用「仍可教化」為由而酌情輕判。據悉方金義在獄中表現良好，或許令人以為他尚可教化，讓他有假釋機會。筆者倒認為不能單看獄中表現，也要看他所犯何事，犯案次數，甚至該做些心理報告方可。方金義當日身陷囹圄，是因為連續搶劫了多達二十名舞女，性侵其中三人，及後又犯下欺詐、盜竊、恐嚇和殺人未遂等案，可說是完全視法律如無物，這樣的人就算獄中表現良好，真的會改過自身嗎？真的有做過心理或精神測試證實方金義並沒有反社會人格嗎？

假釋出獄的方金義，結果正正是重操故業，向舞女下手，只因他覺得這是他最熟悉的套路，容易下手。方金義在牢裡蹲了多年，根本連半點的悔改之心都沒有，這就是現實。

殺人燒屍潑狗血
年少無知成藉口

少年、殺人、燒屍，這三個組合你會想起什麼案件？大概是香港的童黨燒屍案，同樣的組合，在台灣有「櫻花西施命案」。

這案件兇殘、靈異、邪門，警方追兇廿二年，最終將部分兇徒繩之於法，但判決卻充滿爭議，而且其中一名犯人至今仍然在逃，屍體仍未找到，死者未知能否瞑目。

1998年12月9日下午，在桃園平鎮的復旦路四段一處平日人跡罕至，雜草叢生的路旁忽然起火了。消防接報前往滅火，一開始還以為是一般的林火，有人亂拋煙蒂之類所致，但在把火救熄後才發現不尋常的地方，草叢裡有一人一狗已經燒焦的屍體，初步調查發現屍體上有被潑上汽油之類的易燃物助燃的痕跡，幾乎可以立即判斷是一宗殺人燒屍案。

殺人燒屍，看得奇案多的讀者當然明白，但死者身旁那

條狗又是怎麼回事？難道因狗狗是「目擊證人」，所以被滅口嗎？先別笑話，這世上真有狗狗當「目擊證人」而最終協助破案的，不過並非此案，且待筆者於文末再與大家一起探討。

這宗案件裡頭的狗可說死得冤枉，人會因膚色受到不平等對待，豈知狗也一樣，牠要死只因牠的皮膚是黑色，兇徒要用黑狗血潑灑在死者身上，目的就是不讓死者的冤魂尋仇。

黑狗血真的能鎮壓無辜慘死的冤魂嗎？

警方當務之急就是查出死者身份，以及知道事發情況，當年街道上還未裝滿監視鏡頭，警方只有到附近挨家挨戶去問，然而發現屍體的地點十分荒涼，附近只住了幾戶人家，只怕目擊的人不多。

幸而，有位居民都表示就在起火前不久，他目睹有一群外來的年青人，攜著大包東西走進草叢，過沒多少草叢就起火了。這名居民表示他當時還未知道是燒屍，只是以為年青人貪玩燒了雜草，而報火警的正是他。

警方陸續走訪幾戶人家，都有其他居民目擊當時的確有幾個年青人出現過，都是生面口，一看就知是外來人。

這樣看來，這群年青人的嫌疑最大，他們到底是誰？

可惜的是當時既沒監視器拍起嫌疑人的容貌，街坊們

亦只是匆匆一瞥，描繪不出他們的特徵，加上是外來人，無人識得，警方對他們的身份可說毫無頭緒，於是就先研究屍體，看能否找出蛛絲馬跡。

警方發現，屍體不單被燒焦，死者臉上的部份皮肉還被剜去，兇徒要不與她有深仇大恨，要不就真的很怕她的身份會被認出。容顏盡毀，的確很難認得出來，警方就從她的遺物著手，但她身上的衣服不見獨特之處，是那種隨處可見的成衣，加上手上戴了三隻戒指，只能說是打扮成熟，警方估計女死者約莫三十歲，其餘一無所知，消息發佈出去，或許資料委實太少，最終石沉大海，沒有回應。

案子成了懸案，轉眼就過了廿二年，就在所有人都忘了這宗案件時，桃園建安派出所突然接到一個神秘電話，對方提起塵封廿二年的這宗燒屍案，說知道死者的身份，叫做小玫。神秘人不單知道死者身份，還知道死者當年十七歲，在一間檳榔店打工，後來知道檳榔店掛著賣檳榔的羊頭，暗地裡賣毒品，因而被殺人滅口。神秘人言之鑿鑿，還提到自己當日在場，親眼目睹死者被虐打，但他實在看不下去，所以中途離開，故沒有看到殺人經過，但看到焦屍案新聞時就聯想到死者可能是小玫，也知道是誰下的毒手。

警方問他為什麼當時不馬上報案？

神秘人直說當時年輕怕事，也沒有百分百的把握，但十多年後他從朋友口中得知，當年小玟真的被檳榔攤的那班傢伙殺了。自此，每當他午夜夢迴，就經常夢見小玟來訪，質問他既然知道她被殺的真相，為什麼不幫她報警伸冤？

神秘來電

這神秘人說小玟最初報夢了三次，他也未為所動，後來小玟行動升級，直接給他鬼壓床，一連壓了兩次，他終於抵敵不過，同時也敵不過自己的愧疚感，才終於在事隔廿二年後決心報警。

警方當然不會輕信神秘來電，於是就查問更多資訊。

神秘人又真的娓娓道來，不單把經過說得清清楚楚，還可以說出埋屍地點和死者抱著黑狗同死等資訊，還說小玟是他朋友，因為她打扮入時，樣貌娟好，而且小時候在日本讀書，綽號櫻花妹，頗受男性歡迎，卻惹女性嫉妒等等。小玟平日就愛跟檳榔攤裡的幾名年輕人混，分別是小潘、安琪、娃娃和昶B，亦正正是這四人殺害她。

而剛才神秘人提到聽見朋友說起殺人的事，正是他到娃娃的店裡一起喝酒時，娃娃一時酒醉說漏了嘴。

讀者們心裡或會有個疑問，有那麼天大的秘密還敢飲醉啊？原來娃娃這麼多年來不靠藥物和酒精根本難以入眠。

　　警方聽畢神秘人的報料，認為真有幾分可信，遂重啟調查，發現神秘人口中的這位小玟，真的在案發後不久成了失蹤人口。最初警方推斷女死者年齡約為三十歲，雖然與小玟年齡不乎，但當時他們僅以打扮看似成熟作推測，當知道小玟當檳榔西施後又覺得有類似打扮合情合理。

　　警方認為要檢察官宣佈重啟調查，當務之急就是找些新證據，因為只得神秘人的片面之詞實在不夠。

　　首先當然要確認死者身份是否真是小玟，警方找到小玟的父親提取DNA，再與當年留下的檢體作對比，可惜的是檢體的DNA序列不全，只能驗到九組DNA，但法例上要有十六組DNA比對匹配才能確定。

　　這麼一來，警方打算索性開棺驗屍，奈何竟找不著屍體。原來當年女屍無人認領，最終被葬到公墓。警方想翻查記錄找出葬屍地點，當地公所卻表示事隔多年，資料已經銷毀，查無可查。

　　警方沒辦法只好分別到該區幾個不同的公墓逐個墳頭去找，這無異大海撈針，加上當年公墓規劃混亂，不單無人整

理，而且有很多一穴多葬的情況，墳墓堆疊，漫山遍野，成千上萬，就算警方動員大量警力，始終沒法找到。警方後來甚至找到負責下葬立碑的殯儀社相關人士，可是殯儀社亦已關門大吉，當日負責下葬事務的負責人更已與世長辭，欲問無門。

按理說在公墓下葬，又有殯儀社建墓立碑，應該很容易找到死者被埋在哪個地方，偏偏遍尋不獲，難道真是黑狗的冤魂起了鬼掩眼之效？

然而，本以為只得暗稱不易找到的兇嫌們，警方卻很快就找到了，也不知是事有湊巧還是上天安排，兇嫌安琪竟是其中一名警員親戚檳榔攤的租客，一問就問出來了。警方再藉此順藤摸瓜，很快就知道四人下落，發現四人在事發後就各奔東西，互不聯絡，當中的昶B更已逃到大陸，再沒回台，警方亦找到了當日事發的檳榔攤，證據開始慢慢湊合起來，就差證實女死者身份這重要環節。

就在警方因找不到女死者屍體失望而回的時候，鑑識中心的高主任發現由案中女死者身上採下來的檢體應有兩份，鑑識中心保存的一份雖不堪用，但該有另一份保存在刑事局，只不知是否有保存長達廿二年，也不知質量如何，因為檢體是會因採驗而耗損的。

眼下就只剩這個辦法，調查人員亦只有一試，幸而皇天不負有心人，刑事局不單仍存檢體，而且保存狀況良好，一驗之下證實死者的確是小玟，這麼一來檢察官就正式批准刑事課重啟調查案件。

重啟調查案件

警方為怕打草驚蛇，決定三線並行，打算同一時間拘捕三名在台兇嫌，以免他們能互通消息，串好口供。警方為求行動順利，事前還到當年事發的檳榔攤外拜祭，以煙代香，祈求小玟在天有靈保佑行動成功。說也奇怪，有警員發現三根香煙燒盡，煙灰卻風吹不散，讓人嘖嘖稱奇。

可能有人會覺得這並沒有什麼好奇怪的，不過是偶然。

真的嗎？同一狀況偶然出在三支香煙上？恕筆者迷信，燒香其實是其中一個與神明溝通的方法，有些靈媒會觀看香枝燃燒的狀態來獲取資訊，我甚至試過燒香拜神，堂內得我一人，在持香三拜的時候，中間的一支香香頭竟然飛脫，卻恰好炙到我頸後，完全是個匪夷所思的位置，而在這事發生前，有高人曾指點我說有些「東西」蟄伏在我頸後，而我的頸項已痛了一段時間，痛楚卻在被香炙到後煙消雲散，你說

神不神奇？

你或許不信，反正警方就信了，拘捕行動又真的如有神助，十分順利。

警方兵分三路，同時逮捕三人。三人之中，警方認定已經嫁人生子的娃娃最易鬆口，拘捕她時並沒有一來就迫問她，反而以禮相待，例如先把小孩拉開，過程並不張揚。查問期間又沒指斥娃娃犯下彌天大錯，警方只一心想為小玟伸冤云云。最後還帶娃娃回到事發地點，安排她祭拜，這時娃娃心裡的堤防終於失守，放聲痛哭，說出一切。

小潘和安琪同樣被警方帶回警局查問，兩人亦坦然承認，事後一直被罪疚感纏繞，夜夜難眠，都要靠酒精或藥物才能入睡，如今一直壓在心上的大石倒是鬆開了。安琪甚至認為自己這廿二年來運勢、健康、感情上皆出問題，一直過得不好，想必都是報應。安琪還說自己一直想要自首，無奈已為人母，盼把孩子養大一些再自首，盼能獲死刑以了心事。

三人都說得好聽，又是愧疚又是知錯，但當警方問到是誰下的毒手，三人都立即澄清並非自己，你推我讓，十分客氣，他們真的有悔意嗎？

幸好警察當日決定兵分三路，三人分開審問，要不然鐵

定會串好證詞，把責任都推到已逃離台灣的昶B身上。

三人的證詞指當時阿玟在小潘的檳榔店上班，在知道檳榔攤暗地裡賣毒品後竟說要去報案[2]，所以才會被「教訓」。期間小玟曾經逃走躲到朋友家裡，再向父親求救，只是父親認為女兒學壞，只是要錢，置之不理，其後小玟被抓回。幾人怕她又再逃脫，索性一不做二不休，乾脆殺死小玟並帶走燒屍，殺黑狗灑血陪葬是真的為了讓小玟的冤魂不能尋仇

小玟的父親對於自己當天的疏失，以及自己未能夠多陪伴及教好小玟深感自責，難以釋懷。

上到法庭，三人不單繼續推卸殺人之責，小潘和安琪的律師為幫兩人脫罪更是無所不用其極，主張若以2005年的刑法為依歸，追訴期為二十年，認為已過追訴期，該以不得起訴處理，都別說悔意了，根本連羞恥心都沒有。

審判長則指要扣減偵查期，如此一來尚有四十五天才過追訴期，堅持繼續控告，法官裁定小潘和安琪被告殺人罪成，被判無期徒刑，褫奪公權終身。娃娃則因犯案時只有十五歲並未成年，交由少年院處理，被判入獄十四年八個月。

滿以為案件到此劃上句號，小潘和安琪兩人卻恬不知恥，提出上訴。二審法官指兩人犯案時只是少不更事，思慮

---

2 筆者按：小玟真的太單純，怎會在罪犯面前說要告發他們？這樣丟了性命，唉……

不周，改判有期徒刑十四年六個月，甚至比犯案時未成年的娃娃還少兩個月。

這個判決讓輿論嘩然，尤其是小玟的父親完全不能接受。他指減刑應建基於兩人有教化可能，然而兩人由始至終都沒有承認自己下手殺人，互相推卸責任，更試圖以追訴期限為由逃避罪責。而事實上小玟父親向兩人提出民事索償，因民事追訴期只得十年，兩人成功以訴期為限逃過民事責任，不用賠償，顯然毫無悔意。小玟父親指，兩人根本沒有洗心革面，又談何改過自身？於是他亦提出了上訴，截至現在仍有待審理，筆者唯盼法院能還小玟及她爸爸一個公道。

至於小玟的遺體，很遺憾地至今仍未尋回。

案件以外

上文提到曾有一隻狗當「目擊證人」，最終因此破案，說的是一宗發生在美國愛荷華州的謀殺案。被害人約翰家裡養了一頭哈士奇，在他被殺後卻不知所蹤。其後警方發現兇嫌的車上有個類似狗的鼻印，以及在證物裡頭發現來自動物的毛髮。不說不知，原來狗的鼻印跟人的指紋一樣獨特，能夠從中查出狗的身份，而狗毛中的線粒體DNA亦有助確認狗

的身份。最終警方尋回哈士奇並成為其中一項有力的證據，
最後成功指控兇手。若當日兇手在現場直接把哈士奇殺了，
或許就能一直逍遙法外。

靈犬胖胖叼頭顱
助警尋屍破奇案

　　《靈異謀殺案》中曾提過一宗不單有靈媒相助，還靠一隻很有靈性的鸚鵡將兇手殺人時與死者的對話覆述而破的靈異案件。

　　今天則要和大家談一下在台灣一宗由靈犬協助的奇案。

　　2013年9月11日，台南市仁德區一名吳姓男子牽著愛犬「胖胖」外出散步，沒料胖胖竟逕自跑進一農地裡，未幾叼出一根骨頭。

　　吳男起初以為是什麼動物的骨頭，不以為意，豈料胖胖又跑一趟，又叼出一件殘肢，這次吳男再沒以為是動物骸骨，因為眼前的赫然是一隻風乾了的人臂，大驚之下報警。

　　警方到場後封鎖現場，進行搜索，發現了裝手臂的尼龍袋，手指全部不見，只餘手掌部份，很可能是兇手為了掩藏死者身份而把有指模的手指斬去，這很明顯是宗肢解殺人

案。警方繼續搜索，未幾又找到死者的另一隻手臂，同樣是去掉所有手指，無法套取指模。

警方從殘肢推斷死者為女性，但為了查明其身份，遂擴大搜索範圍，希望找到肢體其餘部份，特別是頭顱，又或是任何能證明死者身份的東西。

現場明明屍臭瀰漫，警方認為其餘殘肢理應就在附近，投入了過百警力，搜索附近兩公里的農田果園，奈何足足搜了三天依然一無所獲。

胖胖是真有靈性，眼見警察們徒勞無功，叫苦連天，遂請纓跑進農田，竟又叼出一包充滿神秘感的東西。

搜查人員大喜過望，但由於這包東西纏得結實，無法立即拆開，不過掂量在手，卻似乎是個人頭。後來拿剪刀把重重包裝剪開，發現內裡果然是顆女性人頭。

胖胖這真是立了大功，在場的警員們都不得不讚牠聰明能幹，是名副其實的靈犬。

　　現在問題來了，死者到底是誰？

　　由於找不到指紋，警方只能採取DNA比對，可惜在DNA庫裡並未找到匹配的樣本，那就只能從殘骸的特徵上入手了。

　　警方以女死者的頭顱作分析，認為她是中年女子，右邊犬齒往外凸出，亦稱俗稱的暴牙，同時崩了一角，另外亦有蛀牙的情況。女死者還留有一頭燙過的長髮，兩邊耳朵皆有穿耳洞。

　　本來平平無奇的特徵，警方卻看出端倪，事緣女死者的耳垂飽滿，耳洞卻穿在較高的位置，據悉這與一般台灣女子穿耳的習慣不同，反而比較符合東南亞女性的穿耳習慣。除此之外，女死者的牙齒狀況亦令警方認為她是外勞的可能性很高，因為在台灣若是台灣人的話有健保保障，牙齒缺角及蛀牙等事要處理不難亦不貴，除非是外來的勞工。

　　警方會推測女死者是外籍人士，除了因為以上提到的特徵，亦因為發現屍體的地方附近有很多工廠，聘用了不少外勞。但警方未敢百分百肯定，遂依照女死者的特徵繪製了圖像公佈，希望獲得一點線索。

線索如雪片紛飛，有民眾說找到內臟，又有民眾懷疑死者是自己老婆，但後來都被一一證實與女死者無關。

地毯式搜索

警方見無功而還，遂決定加大搜索範圍，不單加入大量人手在附近的農地和果園作地毯式搜索，還將發現屍塊附近的一個池塘抽乾，足足搜索了兩個星期，甚至呼喚當天首先發現屍塊的功臣胖胖相助，可惜依然一無所獲。

就在警方大嘆案情毫無寸進之際，一通電話又帶來點點曙光。電話是由身處淡水的一名姓鐘（非「鍾」）的廚師打來的，他懷疑被害的女子是他的女朋友。

消息公佈已久，為什麼鐘先生等到現在才來電呢？

原來最初鐘先生看見公佈時已覺畫像與他女友十分相似，但不敢百分百肯定，於是就跟朋友商量，朋友勸他不要多事，他就心想算了，豈料某晚駕車回家，又想到失蹤的女友時，路邊街燈突然沿路爆破，彷似追著他般連爆幾個，他覺得邪門非常，懷疑是死去的女友給她的訊號，才下定決心報警。

話說回來，人家女友失蹤，懷疑被害，心中忐忑，作為朋友怎麼會勸人別管閒事？實在令我有點想不通

鐘先生說自己的女友姓黎氏（「黎氏」是越南的姓），是名越南勞工，並交出一張女友的照片，警方一看，的確有一樣的犬齒暴牙特徵，外籍勞工的身份也對得上，警方感覺找對人了。

但為了百分百確定死者身分，台灣警方還遠渡重洋，去到越南找黎氏的親屬，希望進行DNA比對，結果證實死者的確是廚師的女友

這樣一查下去警方才發現很多隱情，原來黎氏妙裝在家鄉早已成婚，並且育有一女。黎氏的丈夫叫做馮名懷，人稱阿懷，家境一般，夫婦倆商量後為了給女兒更佳的成長環境，決定透過仲介赴台打工，同時揹上了一筆名為仲介費的債務。

夫婦一同赴台打工，現下黎氏失蹤達半年之久，為何同樣身處台灣的阿懷沒有報案呢？

警方知道事有蹊蹺，繼續深入調查後，發現阿懷不單身在台灣，而且就在台南工作，工作地點竟恰恰是發現黎氏屍體農地旁的一間工廠。

真相開始浮上水面了。

警方發現黎氏原來在台北上班，跟丈夫分隔兩地，結果結識了同在餐廳工作的廚師鐘先生並發展成情侶。

鐘先生憶述，在三月二十三日當天，他跟黎氏在餐廳前的公園聊天，竟被突然出現的阿懷看到，因而怒不可遏，並將黎氏帶走。自此之後，鐘先生就再沒黎氏消息。當下他沒想太多，只是單純以為戀情被揭發，故未能再見，並未想到阿懷會殺掉黎氏。

警方到黎氏在台北租住的地方調查，房東表示黎氏失蹤那天，的確有看到一位東南亞籍的男子拉著大包小包一大堆東西離開，查問下對方聲稱是替人家搬的，最後乘坐計程車離開並回到台南。

後來警方又找到那名載阿懷的司機，司機供稱當時也感到阿懷神色有異，一個人拿著大包小包的十分奇怪。

警方懷疑大包小包裡頭裝的就是黎氏的屍體，於是前往阿懷在台南打工的工廠作進一步調查。

有恃無恐

警方直接盤問起阿懷，阿懷卻十問九不知，不承認自己有殺人分屍。警方多次表示已掌握大量證據，警告阿懷詐傻扮懵無用，但阿懷表現得十分冷靜，還是沒有透露口風。

阿懷之所以有恃無恐，原來是因為屍體曾經過冷藏，推斷已死亡並被分屍達半年之久，加上屍體殘缺，又沒找到兇器，加上缺乏直接目擊證人等，警方根本沒有足夠證據落案控告他，最多只能將他暫時拘留。

警方見拘留期限將至，既然說之以理不成，就試試動之以情，就在阿懷跟黎氏結婚週年當天，跟阿懷說黎以前曾是他的最愛，又是孩子的母親，看在這個情份，請讓黎氏有個全屍送回越南。

阿懷聽到這裡，終於忍不住痛哭起來，坦承一切，並帶警方到棄屍現場，挖出黎氏剩餘的下半身遺體。阿懷承認自己是在發現妻子有外遇後，強拉妻子回其住所談判，談到金錢和孩子撫養權的問題等談不攏，阿懷想到自己辛苦工作，妻子卻在來台一年多就另覓新歡，一時心生妒恨，在情緒激動下才憤而將妻子勒斃，當回過神來才知自己鑄成大錯，還哭著伴屍一整晚。

阿懷解釋，其實他深愛妻子，分屍並不是為了毀屍滅跡，逃避責任，而是因為跟妻子有個愛的約定。原來阿懷當晚抱屍入睡，期間黎氏的鬼魂來託夢，要阿懷別丟下她，她要天天相伴在阿懷身邊，更叮囑他要繼續好好工作，撫養小孩。言下之意，阿懷之所以殺人後不自首，是因為老婆勸他要繼續賺錢養家啊！若他坐牢了，女兒的生活費怎麼辦？而阿懷之所以將妻子埋在工廠旁邊的農地，就是要與她天天相伴。

　　就算以上的都解釋得通，哪為什麼要分屍呢？

　　阿懷辯稱與妻子初來到時，曾經相約雙方都不能出軌。若阿懷出軌，黎氏會殺了他；若黎氏出軌，則甘願被斬成三份。阿懷說自己不過是履行當初的誓言而已。

　　這樣的解釋，你相信嗎？

　　警方也有提出疑問，但阿懷又分辯說，若他單純要毀屍滅跡，應該把屍體丟遠一點，而不是把屍體埋在工廠旁惹人懷疑，他是真的深愛妻子，他每天在工廠休息時還會走到高處，眺望埋下妻子頭顱的地方，追憶一番。

　　筆者是不相信他的辯解，感覺完全是放屁、狡辯。皆因奇案看多了，就知道兇手們都有某些相同的習性，例如在台灣經常有把頭砍掉的做法，因為兇手認為這樣死者就做鬼

都不靈。越南亦有相似傳說，只要分屍了，特別是把頭和手掌分開，死者的冤魂就不能找兇手復仇，黎氏的下場正是如此。

另外，是不是所有兇手為了掩人耳目都會把屍體有那麼遠扔那麼遠呢？的確有部分兇手會這樣做，但亦有部分會反其道而行，收於近在咫尺的地方才安心，這樣他們才覺得可以掌控狀況，隨機應變。

無論如何，殺人罪是逃不了，檢控官看來是聽信了阿懷的講法，認為他並非謀殺，法官酌情量刑，最終殺人分屍罪成判處十七年半有期徒刑。

至於發現屍體的功臣胖胖，據說本來患有嚴重耳疾，幾近全聾，卻在案件終結後忽然不藥而癒，令人嘖嘖稱奇，從此多了一個「神犬」的封號。

佈下疑陣殺母子
包公賜示緝真兇

時代變遷，社會發起了「正名化」活動，豬肉佬成為了肉類分割員，我們一般人口中的神婆則成為了靈界的譯者，又稱靈譯者。

這個稱呼應該最先出現在台灣，當中最為人所熟悉的靈譯者應該是電視劇《通靈少女》的原型人物——索菲亞。

出名的靈譯者又豈只索菲亞一人呢？在台灣，甚至有一位身居法律機關，多次協助警方破案，認受性很高的靈譯者，有通靈書記官之稱的潘敏捷。

潘敏捷的正職是在地檢署當書記官，處理不少法律相關的文書，工餘則擔當靈譯者，化身神明的書記官，為神明傳達訊息。在接下來提到的一宗命案中，潘敏捷又擔當著怎樣的角色呢？

2003年8月13日早上，在台南新化就讀國中二年級的

康巧慧致電回家，發現理應在家的母親沒有接聽，遂回家查看，發現家門反鎖，感事有蹊蹺，於是請鄰居協助，喚來鎖匠開門而入，沒料到打開後見到永世難忘的一幕，其母陳美莉竟淹沒在浴缸中，毫無反應。

鄰居馬上代為報警，起初眾人還以為陳美莉是意外溺死，但救護員到場後證實女死者似是他殺，因她不單手腳被綁，頸部亦有勒痕，似是死後被移到浴缸之中，乃行兇者故布疑陣。後來法醫亦證實陳美莉是遭勒殺而非溺死。

據康巧慧稱，家中除母親陳美莉外，該還有只得六歲的弟弟哲哲（化名）在家，現在卻不見人。警方推測可能是小孩事發時害怕躲了起來，於是便開始搜索家中每個角落，最終真的在衣櫃裡找到哲哲。不幸的是哲哲並非躲在其中，而是被吊死在內，口吐長舌，大小便失禁，死狀恐怖。推測該是兇手怕他成為目擊者而一不做二不休，手段十分凶殘。

警方封鎖現場查證，發現屋裡曾被搜略，有部份財物失竊，初時以為是強盜殺人案。而行兇者在殺人後不單刻意誤導警方，而且曾經仔細清理現場，讓警方搜證困難，一時對兇手身份未有眉目。

調查陷於窘局

　　警方調查此類案件，一般都會先從死者的家人查起，根據統計，女性被殺案中有百份之三十四的兇手是男友或丈夫。然而，陳美莉一家五口，丈夫長年在國外工作，家中女兒案發時亦不在家，陳美莉持家有道，亦無外遇，難道這真是一宗強盜殺人案，死者與兇手並不認識？

　　奇就奇在，當日陳美莉的長女康蜜馨原本正在學校上課，未聞死訊的她卻似是心有靈犀，心緒不寧，忍不住致電回家，卻驚聞惡耗，最終要由教官護送回家。

　　另外，亦有傳陳美莉父親是名乩童，事發當日正在田裡耕作，卻忽然自動起乩，一路不受控的從田裡跳回家裡，在神檯前不住自言自語道：「出事了，家裡出大事了。」還提到要於百日破案等，最初還不明所以，但未幾就收到女兒的死訊。

　　說回案情，當時警方掌握的線索不多，但無論如何也先請陳美莉的丈夫康育斌回台協助調查。康育斌回國助查時聲稱家裡並無欠債，亦從沒與人結怨，自己於海外經商，太太陳美莉在國內經營網咖，都屬正當生意，實在想不到有什麼仇家要對兩母子下如此毒手。

這麼一來，警方更加傾向相信是強盜殺人，然而其餘線索少之又少，警方一時也一籌莫展，調查陷於窘局。

事發地點台南新化是一個純樸小鎮，原本發生這種駭人聽聞的案件就已教鎮上居民憂心，因為若真是強盜殺人案，始終未有捉拿犯人，誰也不知下一個受害者會不會是自己啊？但這還不算是迷信的居民最擔心的事，他們更擔心兩母子死得冤枉，生怕冤魂作祟。

空穴來風，未必無因，他們之所以會這樣想，是因為兩母子下葬之後，他們墳上的草皮竟然一直荒蕪一片，寸草不生，聽公墓的管理員提到這是從業多年從未見過的事。任憑他們如何悉心照料，草皮就是一直光禿禿的，讓他們都不禁疑問，是不是墳裡的死者怨氣太盛，讓草木難生，蟲蟻不近？

警方既然查無線索，康育斌為替妻兒申冤，只好試著找上享負盛名的靈譯者潘敏捷，希望線索能多點就多點。兩人相約在台南，拜傳說中專門為百姓申冤，鐵面無私的包青天的南沙宮見面，或許是希望借助明察秋毫的包青天神力，讓陳美莉母子沉冤得雪。

前文提到，潘敏捷正職是地檢署書記官，靈譯者只是

兼差，並沒有駐守在特定宮廟，一般都是到處跑，換個角度看，她跟不同宮廟都有情誼，不同神明都有聯繫。

這時康育斌跪在包大人的神壇前哭訴，所謂心誠則靈，站在旁邊的潘敏捷竟真的收到神明傳來的訊息，包公直說陳美莉死不瞑目，更直接讓潘敏捷看見陳美莉，只見陳美莉面容扭曲，十分痛苦，一直哭泣，訴說自己最痛苦的是保護不了年幼的兒子，讓他一同慘遭毒手。

潘敏捷本身亦育有三名子女，疼惜兒女，當然明白陳美莉作為母親的痛，自己聽著亦禁不住淚流滿面，但她為怕自己太過投入而導致靈譯有所偏差，亦立即作深呼吸，調整自己的情緒。

潘敏捷冷靜過來後，竟然見到包公神像後顯現了一抹身影，是個中等身材、生得微胖的男子。潘敏捷並不知道此人是誰，她只是如實將自己見到的影像告訴康育斌，豈料康育斌聽得虎軀一震，似有聯想。

康育斌拿起了聖筊（聖杯），在壇前問包大人是否太太經營網咖的前員工所為？這樣一問一擲，竟連出五次聖筊，答案顯而易見，康育斌一口咬定就是網咖前員工劉華崑。

康育斌將這從另類渠道得來的消息告之警方，但警察總

不能說是神明意思就將劉華崑逮捕,於是就先起起他的底。這一起底,還真驚呆了所有人,原來這劉華崑早就犯案纍纍,作案時早已是個通緝犯,涉及多宗盜竊案。

這樣一個強盜,為什麼陳美莉又會請他成為網咖員工呢?

原來劉華崑是網咖常客,與陳美莉早就認識,甚至見過康哲溱(哲哲),所以之後才要連孩子都殺掉,正是因為康哲溱認得他。

劉華崑終日流連網咖,卻不務正業,陳美莉同情他於是就聘請他為員工,豈料引狼入室。劉華崑入職不久又開始好吃懶做,轉頭又離職,但他並未就此離開陳美莉身邊,反而因為陳美莉見他網遊玩得不錯,請他代打,如打到虛擬寶物則出錢收購,劉華崑藉此賺些生活費,又繼續賴在網咖裡。

恩將仇報

當年香港就曾經有人因為一件虛擬寶物被騙走而自殺,沒料到台灣亦有人因為一件虛擬寶物而招致殺身之禍。

就在陳美莉母子屍體被發現的前一日,亦即2003年8月12日,劉華崑依約將收集到的虛擬寶物交給陳美莉,並向陳

索取說好的三千元。

陳美莉亦如當初說好的付了三千元，豈料付款時竟被劉華崑窺見銀包內另有幾千元，諺語說「財不可以露眼」還真有道理，劉華崑見獵心起，由於他認識陳女已久，知她丈夫長年在外，家中只有弱小婦孺，便密謀入屋行劫，於8月13日的凌晨一時半，準備好螺絲起子和生果刀，撬開大門後潛入屋內。

不知幸也不幸，陳美莉的兩名女兒是住在爺爺家裡，所以事發時屋內只得陳美莉與康哲溙兩人。劉華崑潛入後陳美莉仍懵然不知，劉華崑先悄悄地搜略過客廳，並無發現什麼財物，這時見房內似有動靜，便躲在門後，等陳美莉步出房門時，將她制伏後推回房內，綁起手腳，及用絲襪塞口讓她不能張聲求救。

及後，劉華崑成功在房內搜出數千元，沾沾自喜之際，沒料到剛仍在床上熟睡的哲哲突然轉醒，劉華崑於是亦將之綁起，同樣以絲襪塞口。

將兩人制伏之後，劉華崑又步出房外，繼續搜刮，過了一會，發現房內並無聲色，似有古怪，於是便再次進房查看。沒料到陳美莉原來已掙脫了繩索，正試圖打電話報警，卻被劉華崑立馬阻止。劉華崑惱羞成怒，萌生殺意，終於將

陳美莉勒殺，事後見陳美莉有幾分姿色，明知陳美莉已死，竟仍一邊舔吮陳的乳房，一邊手淫至射精，另外亦有用手指玩弄陳的下體，淫穢變態。完事後就將屍體抱到浴缸，放水淹浸，佈下疑陣。

處理完陳美莉的屍體後，劉華崑又想到一不做二不休，為怕康哲溱會指認他是兇手，結果將只得六歲的康哲溱活活吊死在衣櫃之中，簡直泯滅人性。

劉華崑並沒有急著逃跑，而是慢慢清理現場，直至凌晨四時半才施施然的離開。

劉華崑為怕警察找上門，還想到要主動投案，投的卻不是殺人案，而是先前被通緝的盜竊案，索性跑到牢裡蹲，認為這樣自己的嫌疑能減低一些。

起初劉華崑的如意算盤是真打得不錯，警察都未有查到他的頭上，直至康育斌找潘敏捷問出些頭緒後，警方始有了方向，最終在警方鍥而不捨的追查下，在陳美莉的床單上發現了三塊精斑，其中兩塊屬於陳美莉的丈夫康育斌，這實在自然不過。餘下那塊精斑，幾乎談不上一塊，因為僅僅只得一滴，還好這已經足以提取DNA。

本來DNA庫並無合適對比，豈料劉華崑聰明反被聰明誤，自己投案入獄反而留下DNA數據，警方一對就發現精液屬於劉華崑。誰叫他當日窮心未盡色心又起，殺人不特止，還要淫辱屍體，滿以為自己已把精液擦乾淨，沒想到還是有那麼一滴噴到床單上，留下決定性證據。除此之外，劉華崑還在衣櫃上留下汗斑，同樣被驗出DNA，這麼一來雙重認證，可謂鐵證如山，想抵賴也賴不了。

劉華崑最終被判死刑，現在仍在獄中等候槍決，據悉劉華崑早已眾叛親離，家人朋友從未探訪，他只能孤獨地在獄中等死。

此案到此結束，由發現到破案真如陳美莉父親當日降乩時說的時間一模一樣，剛巧一百日。最神奇的是陳美莉母子的墳頭自破案後，終長出青蔥綠草，看來真是沉冤得雪。

案件補遺

控辯雙方曾就劉華崑有否性侵陳美莉作出討論，劉華崑色膽包天，委實並不出奇。但根據法醫檢查，陳美莉的陰道未有損傷，體內亦無遺留精液，加上她是遭勒斃，若生前被姦定然會經過極力掙扎，陰道和腿內側等地方該有捐傷，認

為生前被性侵的機會不大。最終檢方接納了劉華崑聲稱只有在陳死後舔吮其胸脯及以手指撥弄陰部的說法。

另外，劉華崑凌晨一時半入屋，四時半離開，扣除搜括財物和行兇時間，真夠時間讓他仔細清理現場，讓警方出現搜證困難嗎？據警方辯稱，他們到場時現場人頭湧湧，擠滿了人。因康巧慧最初是找鄰居幫忙，又找來鎖匠幫忙，破門入屋後眾人在屋內不斷移動，留下大量足印及DNA，到發現屍體時又未知陳美莉已死，曾搬動屍體，這種種行為都破壞了不少有用證據，令警方搜證難上加難，猶幸天網恢恢，疏而不漏，最終都找到了精斑和汗斑這兩樣有力證據。

最後，每件因靈異之事協助而破的案件，都總有人會問：「真是這麼靈光嗎？」潘敏捷都面對同樣質疑，但她大都一笑置之，一副信不信由你的樣兒。有人嘗試用科學解釋，認為潘敏捷因為當書記官，可能在日常處理個案，或在工作場所耳濡目染，對案件有一定了解，然後在求神問卜的過程中就能通過「暗示」，然後將案件資料整合，得到重要線索。

身為靈異作家的筆者一向深信鬼神，科學解釋是否說得通，就交由讀者自行判斷好了。

案件以外

　　潘敏捷能成為傳說中的靈譯者，當然不只在此案出過一分力，在此再分享一宗她的小趣聞。

　　2007年，當時發生了一宗台南南化雙屍命案，潘敏捷前往殮房沒探視死者，說是探視，其實屍體在雪櫃的冰袋裡頭，然而，站在雪櫃旁的潘敏捷耳邊卻突然出現女死者的聲音說：「阿姐！我死得好冤，要不是全身光溜溜沒穿衣，我一定要去找兇嫌索命。」

　　潘敏捷將此事告之女死者家屬，家屬聲稱不可能，因早已付錢請相關師傅處理，但寧可信其有，不可信其無，就請職員打開屍袋一看，沒料女死者真的全身赤裸，遂趕緊請工作人員為女死者穿上衣服。不知是否湊巧，兩天後就破案了。

筆者的話

　　看這宗個案時，令我想起上本著作《靈異謀殺案》中提到的洪晨耀案，又是老闆好人請他做工，結果引狼入室，與兒子慘死。

這類案件，時有聞之，每次聽到，都不是味兒，心裡天人交戰，總是會問：「到底我們應否給予刑滿出獄的罪犯機會呢？」我當然明白很多犯人都不過一時糊塗，真有教化機會，出冊後亦能重新造人，有些更真的洗心革面，甚至經努力後創一番成就，造福人群。

　　或許是好事不出門，醜事傳千里，感覺聽到更多的是積犯重犯，特別是性罪犯和盜竊犯，很多都犯案纍纍，不知悔改。請人請著這種罪犯，不可謂不怕。到底要怎樣在協助罪犯重新投入社會及保護市民安全之家找到平衡點，又或想出什麼最好辦法，這真是一個大哉問，很可惜筆者尚未見到答案。

第三章

美國邪案

邪靈塞滿屬陰宅
殺人皆因鬼上身

「鬼上身」這個詞彙相信很多讀者都聽過，但信的或許不多。我個人來說是信有其事的，因為我曾經不只一次親眼目睹過，那些故事我都在我以前的作品中提及過，就不在此重複了。

所謂鬼上身有很多種不同的稱謂，例如鬼附身、奪舍等。東西方對鬼附身的認知也有差別，東方一般認為是亡靈附體，但西方很多時指的是魔鬼。以我所知，鬼附人身後並非就可以為所欲為，被附身者還是會對某些行為作出反抗，不可做出些過於超出被附者意願的事，例如殺人。

然而，不少命案的兇手也會以被鬼附身、被邪靈操縱等原因作為抗辯理由，這個則是東西方皆有，以下提到的就是當中數一數二的案例，案情曲折而真實、邪門而恐怖，精彩得被拍成了電影《詭屋驚凶實錄3》

拍得做《詭屋驚凶實錄》，一切當然要由搬屋講起。

1980年，約翰遜（Arne Johnson）與拍拖五年的女友黛比已到談婚論嫁的階段，開始物色居所來作新房。遍尋吉宅之後，就在當年夏天，他們相中了位於康州布魯克菲爾德的一棟古老別墅，雖然日久失修帶點老舊，但勝在地方夠大，價格相宜，兩人心想只要用心把老宅清潔收拾一番就會是個安樂窩，於是一錘定音，租了下來。

兩人還帶了黛比只有十一歲的弟弟大衛（David Glatzel）一同搬到新居，三人關係密切。

大衛歡天喜地的跑進新居去一探究竟，未幾，約翰遜和黛比就聽到從臥室傳出大衛的尖叫聲。兩人慌忙看個究竟，只見大衛嚇得渾身發抖，猶有餘悸的告訴黛比，剛才房裡有個全身漆黑的怪人，想從床裡拉住他。

那張床不是普通的床，而是一張水床，床頭鑲了一塊鏡子，的確透露幾分詭異的氣氛，不過約翰遜和黛比環目四顧也沒有看到房內有大衛說的那個怪人。

兩人只以為是大衛眼花看錯，並沒有將這事放在心上。

幾天過去，因為古老別墅還需要時間整理，他們還未正式搬進去，大衛和黛比依舊住在父母家。縱使大衛已沒有在古老別墅，但他仍然每晚都見那個漆黑怪人要來抓他，最恐

怖的是每晚都更接近他一點,眼見就快要被怪人抓住了。

發惡夢的原因有很多,這時約翰遜和黛比還沒聯想到與邪靈有關,打算陪大衛同睡或會有所幫助,這方面倒是台灣人能迅速處理,馬上就帶孩子去收驚了。

大衛的情況並未好轉,反而每況愈下,他依然無晚都夢見漆黑怪人,而且夢中的影像越來越清晰。

怪人的黑,是燒焦的黑,他的臉裂開成上下兩邊,他的牙形如鋸齒,令人牙酸的怪聲不斷從他嘴裡發出,他的四肢比例奇怪,身穿法蘭絨上衣,像人又不是人,有點像人與獸混合起來的怪物。怪物會從新居後的一個古井爬上來,這讓筆者想起了《午夜凶鈴》裡的情節,的確十分恐怖。

直到同年八月，約翰遜和黛比已帶大衛遍尋名醫，但他的情況依然沒有改善，而且漸漸產生變化，變得沉默寡言，不願提起焦黑怪人的事，這從心理學角度不難解釋，大概之前他跟醫生提起發生在身上的怪事時無人信他，都認為他「黐線」。

兩次驅魔儀式

當別人問及大衛焦黑怪人的事時，他開始變得暴躁易怒，輕則大吼大叫，重則打人咬人，歇斯底里，情緒失控，還會在家裡以奇怪的姿勢爬行⋯⋯沒錯，就如坊間看到的恐怖電影，角色被鬼上身後的表現一樣。

如此種種，尚能用「精神病」三個字去勉強解釋。然而，有一件事是眾人一同目睹卻誰也沒法解釋的。

虛空中彷彿有一隻看不見的手，拉扯著大衛的頭髮，把他在房間裡拖行，甚至摔翻，而且不只一次，而是來來回回好幾次。

約翰遜和黛比這才意識到問題可能不是心理病那麼簡易，遂開始尋求宗教上的協助，決定請一位天主教神父來到家裡看看。

神父認定是邪靈作祟，並且為大衛進行了兩次驅魔儀式。千萬別以為隨便找個神父就可以進行驅魔，該神父必須曾經參與過由梵蒂岡舉辦的驅魔課程，得到教庭承認才可以替信眾驅魔。

神父進行驅魔後還叮囑黛比等人要每天輪流向大衛讀聖經，最初大衛的情況的確看似有好轉，除了間中有些腰酸背痛外，精神狀態良好，再沒有失控的情況。

黛比和約翰遜為免夜長夢多，決定退租，但就在他們收拾細軟的時候，竟發現門框上多了一些先前沒有的抓痕，怵目驚心。而當約翰遜沿著抓痕繞到屋後的樹林時，真的發現了大衛先前提到在夢中見過的古井，

在進行第二次驅魔儀式後一個月，家人發現大衛房裡人聲沸騰，大衛好像正在跟不同的人交談，這是哪裡來的客人啊？疑惑間就聽到房裡的大衛驚叫起來，當他們衝進去時，房裡只得瑟縮一角的大衛，正咬牙切齒的瞪視他們，目露凶光。

約翰遜心想大衛的老毛病又發作了，打算先抱他離開房間，豈料卻抱之不動，約翰遜大惑不解，後來發現大衛竟然比剛搬來時足足重了六十磅。但大衛的身型看上去並沒有變化，直覺告訴約翰遜變重的不是大衛，而是附在他身上的什麼東西。

直到同年十月，約翰遜見神父進行了兩次驅魔儀式也幫不了大衛，便毅然決定找道上有名的超自然學專家，相信讀者們都絕對聽過他們名字的「華倫夫婦」，即艾德・華倫（Ed Warren）和他的妻子羅琳・華倫（Lorraine Warren）來幫忙。

華倫夫婦處理過的很多都是響噹噹的奇異檔案，當中最讓人耳熟能詳的相信一定是被邪靈依附的洋娃娃安娜貝爾事件。兩人經驗老到，但聽過大衛的狀況後亦不敢怠慢，亦找來另一位著名的天主教神父弗朗西斯・維古拉克相助。

三人通力合作，開始再一次對大衛進行驅魔，華倫夫婦沒想到這次驅魔會如此驚險和震撼。大衛先前接受兩次驅魔儀式表現相對平靜，但這次甫開始不久就激動起來，發出像蛇一樣的「嘶嘶」聲後，開始用不同的聲音和語調說話，然後瘋也似的噬咬和抓傷身邊的人。

羅琳本身是個俗稱的高靈人士，能看見邪靈，據她稱當時見到大衛身後共有四十個靈體，她從未見過亦搞不清到底大衛身上的什麼能吸引那麼多邪靈同時降臨。

約翰遜眼見大衛相當痛苦，於是就對著虛空中的邪念喊道：「有本事就衝我來，別再欺負一個小孩。」他不知道，某些時候，特別在一些我們未知的領域，是逞強不得的，文

末我也會分享一個親身經歷。

伴隨著約翰遜的咆哮，驅魔儀式繼續進行了半小時候，大衛忽然改以一把老人的聲音對約翰遜說：「將會有可怕的事情降臨在你身上。」說罷便昏了過去，醒後亦失去了相關的記憶。

猶幸的是大衛看似回復正常了，驅魔儀式成功了嗎？這一切又跟本書主題「謀殺案」有什麼關聯？

另一人出事

黛比一家從此再沒怪事發生，他們亦搬離了古宅，約翰遜為了方便女友工作，決定借黛比打工的寵物店內的一個房間暫住，而寵物店老闆亦已同意，約翰遜和黛比熱切期待展開新生活。

可惜約翰遜的新生活卻宛如地獄，就在大衛回復正常之後，他開始步上大衛的後塵。起初，約翰遜開始恍神，例如路走到半路忘了自己要去哪，事做到一半停下之後就遺忘了等。只是這樣的話，我們可能會以為不過是一般的心緒不寧，但約翰遜的問題隨時日過去漸趨嚴重，會在日常生活中忽然斷片，短則十幾分鐘，長則一整個下午失去意識，整個

人混混噩噩，十足大衛被惡靈附身時的樣子。

　　跟先前大衛遇事時一樣，約翰遜一開始先遍尋名醫，在醫院裡做了很多檢查，但檢查結果都說他十分正常，查不出什麼病來。後來，約翰遜就想到是不是自己當日的「失言」所致，現下惡靈們真的放過大衛，改而害他呢？

　　華倫夫婦曾在驅魔儀式完成後告訴約翰遜，大部份靈體都是地縛靈，搬屋就能避開。但有部份邪靈則是不達到目的，絕不心息的，遇上這一種的話務必小心。難道大衛和約翰遜遇到的正是後者？

　　約翰遜夜裡開始造跟大衛一樣的怪夢，他在夢裡踽踽獨行，穿過小路，越過草地，見到古井，從井裡爬出的正是那個被火燒得焦黑，臉裂成一半的怪人，怪人正對他露出一副詭譎的笑容。

　　1981年2月16日，心力交瘁的約翰遜有感身體不適就向公司告了病假，留在寵物店裡那租來的房間休息。沒料到那天黛比的表妹與及約翰遜的兩個妹妹都來串門。

　　由於三人不時都會來探望黛比和店裡的小狗，寵物店老闆艾倫與她們早是舊識，十分熟稔，當天見她們來了，便偕她們外出午膳。午膳後他們回到寵物店，開著店裡的音響，

聽歌耍樂。老闆艾倫飲得微醺，還邀黛比的妹妹共舞助興。

約翰遜在場目睹一切，他不動聲色，倏地撲向艾倫，把他撲倒，在眾人來得及反應前，約翰遜已經掏出了小刀，無情地刺進艾倫的身體，而且不只一刀，而是快速地連刺多下，把他的胸腹刺得血肉模糊，艾倫慘成刀下亡魂。

警方接報到場，在附近兜截到殺人兇手約翰遜，他並未逃走，而是失魂落魄，漫無目的地在閒逛，警方將之拘捕並羈押。

由於案發時有多人目擊，現場留下大量約翰遜的帶血指紋，約翰遜亦對殺人一事直認不諱，人證物證俱在，很快就被以一級謀殺罪起訴。

律師馬丁‧明內拉（Martin Minnella）接手這案件後研究過證供和證據後亦認為約翰遜殺人一事沒什麼懸念，一心只想為約翰遜爭取從輕發落，而不是尋求脫罪。當馬丁到拘留所與約翰遜見面時，約翰遜也承認艾倫死在他手，但人卻不是他殺的。

咦，這不是很矛盾嗎？

約翰遜解釋：「我只記得當時見到臉裂開一半的怪人出現在面前，怪人想對我不利，於是我作出反擊。到我回過

神來時，艾倫已經倒臥在血泊之中。我對行兇過程沒半點記憶，我當時是被邪靈附身，是邪靈讓我幹的。我願意承認殺人，但這不是我的本意。」的而且確，約翰遜並沒有任何動機，他甚至感激艾倫借出寵物店裡的房間給他和黛比暫住。

理由聽起來很荒謬，但馬丁並沒有立即否定約翰遜，而是進一步查探前因後果，亦有聽取華倫夫婦的意見，最終在法庭上真的以「鬼上身」來作抗辯理由，以這理由來抗辯不算破天荒，但一般都不獲接納，但不單約翰遜說得情真意切，連目擊證人亦認同他當時神情恍惚，華倫夫婦亦有上庭作供，秀出他們以前與約翰遜見面時的錄音，證明約翰遜早已就惡靈附身的問題與他們商量過，而不是殺人後編故事來推卸責任。約翰遜當然知道用「鬼上身」來作抗辯理由並不科學，但他說得情真意切，加上其他證供和證詞，讓陪審員傾向相信他，在商議三天後，雖然不同意檢察官的一級謀殺指控，但由於法官導引指不能以邪靈附身為抗辯理由，雖然他們認為約翰遜無罪，而辯方又沒有以精神問題為由辯護，他們只能認定約翰遜一級過失殺人。

約翰遜最終逃過了死刑，被判十至二十年有期徒刑，兩年後他在獄中與黛比結婚，五年後因在獄中表現良好而提前假釋出獄。事隔多年，約翰遜雖然仍未能忘記被邪靈附身的

恐怖經歷，但出獄後他與黛比生了幾個孩子，總算建立了美好家庭，過上幸福日子。

最先被邪靈看上的大衛就沒有那麼幸運了，他的餘生都被邪靈騷擾，偶爾還是會見到焦黑怪人，情況時好時壞，如今人到中年的他精神狀態甚至被迫得出現問題，四十年過去始終擺脫不了這個夢魘。

到底那古老別墅當中有著什麼惡靈？古井中藏有什麼不可告人的秘密？至今依然是個未解之謎。

案件以外

有看過《詭屋驚凶實錄3》的讀者可能會發現案情與劇情有點出入，因為電影情節中有提到一邪教組織，是為了令影片與第一、二集有連貫性，現實案件中並未出現。

電影在某些細節上為了劇情推進而作出簡化，例如真實案件中邪靈多達四十三隻，但電視中卻只有一隻；真實案件中牽涉到黛比的表妹和約翰遜的兩個妹妹，但電影中未有提及。而為了增加劇力，一些地方則增加了額外情節，例如在約翰遜他們新租的大屋裡添置了與巫術有關的東西；為了添加懸疑性而增加了受害人數目。

經驗之談

約翰遜為幫大衛，慷慨就義，向邪靈喊儘管衝他而去，類似的情況，我也有親身體會。

我有位很要好的朋友阿雯，開店販售一些有關身心靈的東西，其中一種就是頌缽。

頌缽用途廣泛，可以幫人調頻靜心，也可以淨化空間等，總之要用得其法，胡亂使用隨時弄巧成拙，吸引些不乾不淨的東西。

那時阿雯開業未久，有次與朋友消遣至深夜，其中一位友人說她新店開張仍未有機會造訪，借些醉意說要大半夜上去一看究竟，於是就拉著阿雯和另兩名友人跑到阿雯店去。

阿雯店裡的頌缽不是一般的機製款，而是人手打造，靈性十足，非同凡響。友人愛不釋手，深感興趣，拿著棍棒敲了又敲，聲音洪量迴腸，感覺好玩，於是又胡亂敲了一通。阿雯怕深夜擾人，馬上喝止。

驚動到人，最多給隔離鄰舍投訴；若驚動到一些不潔的東西，則不是那麼容易處理。

自那天開始，阿雯跟約翰遜的狀況也有幾分相似，經常驀然出神，忘東忘西，明明有工作在做卻突然斷片等。阿雯

最初以為是自己太過勞累，直到跟朋友阿靜食飯時才被看出個端倪。

阿靜是一位心理咨詢師，不過她跟阿雯食飯只為聚舊，但她見阿雯失魂落魄，雙眼空洞，印堂發黑，懷疑阿雯遇上些不潔的東西。咦？阿靜作為心理咨詢師談些靈異之事恰當嗎？原來阿靜跟一位上師研習密宗多年，雖然談不上是師傅，但也有些微道行，看得出阿雯有問題。

阿雯如實招來，話說從頭，阿靜聽出不妥，指出問題應該是亂敲頌缽所致，半夜亂敲，會召來附近的遊魂野鬼。

阿靜隨阿雯回去一趟，店裡果然聚滿了靈界的朋友。阿靜有備而來，燒香施法，淨化空間，佈下結界，跟阿雯說已經處理好，它們不會再跑進店裡了。

讀者或會想問，不是說作者的親身體驗嗎？為什麼事情解決了還未看到作者出場呢？

阿雯最初也以為事情已經解決，但身體和精神狀況依舊時好時壞。那時我根本未得悉此事，碰巧順路去探阿雯，還未到她的店，只是在走廊就已經覺得不妥，眼前的虛空中擠滿了靈體，我當時沒看到，但感覺得到，因為那裡彷彿人聲沸騰，而且有好些還在我耳邊喘氣。

後來我才聽阿雯將整件事一五一十說一遍，店裡雖然淨空了，但外圍還有那麼多，繼續影響到阿雯。有追開我文章的讀者都知道，我從來不接求助，先前算是間接幫過朋友一次也有些後續問題，幸好最終能夠解決，所以我是盡可能置身事外。但這位阿雯可算是我的生死之交，不幫不行，於是我就跟約翰遜一樣，大著膽對那些靈體說：「你們不要再騷擾這位小姐了，要跟就跟我吧！」

我當然也不是蠢得打算一個人扛下所有，事後我馬上去熟悉的宮廟尋求協助，師姐見我走來，還未道明來意，就已經對我說：「你幹了什麼？為什麼一大堆朋友跟著你？」

我交代過後，師姐即埋壇起乩，請神明助查，得悉那些朋友們不抱惡意，只是當晚聽到頌缽召喚，以為會有供奉，豈知發現是一場誤會，才不願離去。

如今我扛了下來，就必須替阿雯完成任務。有人說千萬不要供奉遊魂野鬼，它們會貪得無厭，但師姐勸我不用擔心，說有神明做證，它們貪婪不得，只是它們數量不少，我除了要燒一大堆金銀衣紙給它們外，還要茹素七天，將功德迴向給它們方可。

在那一星期裡，我跟大衛和約翰遜一樣，時常感到腰

酸背痛，肩膀沉重，但幸運的是齋期完了後，它們肯乖乖離去。

　　在這向我的新讀者說聲抱歉，明明是奇案書卻講了個看似無關的鬼故，就當讓我有個機會回饋愛看我寫鬼故的死忠讀者吧！

新婚夫婦慘遭槍殺
靈媒推測分毫不差

　　事發在美國蒙大拿州（State of Montana）一個叫比格福克（Bigfork）的美麗小鎮。小鎮的西面是全州最大的淡水湖泊平頭湖，東面則有冰川國家公園，所以小鎮雖小，每年卻吸引超過三百萬旅客，是個人流不絕的度假聖地。

　　新婚夫婦約翰和南茜（John and Nancy Bosco）亦很喜歡比格福克的環境，便決定在當地置業，展開新生活，可惜在不久之後兩人就悄然離開了人世。

　　1993年8月19日，約翰的母親由於已經足足一個星期無法與約翰夫婦取得聯繫，於是報警求助。

　　警方接報後趕到約翰的住所，先在外圍查探，發現屋外的電線和電話線都被割斷，單只這一點就已經可以判斷裡頭九成出事了。警方敲門按鈴無人應門，大門從裡頭反鎖，但有好幾扇窗都是打開的，警方心裡已經有譜，便決定破門而入。果不期然，約翰夫婦陳屍臥室，屍體已經開始腐爛，明

顯死去多時。

警方初步調查發現兩人皆死於槍擊，約翰死於床上，沒有掙扎痕跡，應該是熟睡中被擊斃。至於南茜應該是聽到槍聲後試圖逃跑及拿起電話筒報警，但因為電話線早已被剪斷，所以未能成功，最後亦被擊斃，眼鏡被擊碎，鏡片散落一地，電話筒亦掉在地上，南茜沒有被性侵。屋內沒有被搜掠的痕跡，亦沒有失去大批財物，只是有一柄屬於約翰的手槍不見了。

警方初步研判認為並非劫殺，當從仇殺、情殺或性犯罪的方向調查。第一步就是問附近的鄰居有否消息可以提供。

據附近的居民稱，鎮上有一班青少年組成的狐朋狗黨，最愛惹事生非，調戲良家婦女，年輕貌美的南茜正是受害者之一。這伙人經常調戲南茜，對她叫囂、吹口哨、按喇叭等，又會躲在南茜家對面偷窺她，讓南茜不勝其煩，感到十分困擾。雖然這伙人沒有真的對南茜動手動腳，但南茜已開始擔心自己的人生安全。

警方聽罷立即找來這伙邊青面談，但他們堅決否認，而且都能提出不在場證明。警方認為他們只不過是一班口舌招尤的屁孩，不似有付諸實行的膽量，於是又將調查方向轉到別處。

警方轉而調查約翰夫婦與身邊人的關係，有否與人結怨，特別是搬來比格福克之後，才發現真的有。

　　原來約翰是個木匠，他一心打算搬來比格福克展開新生活的同時開拓自己的事業，在購買房子時是打算商住兩用，將房子外的花園打造成一個小型的加工坊來做他的木工生意。豈料交易完成後，正當約翰想大展拳腳時，他才發現所買的房產只能作住宅用途，讓他勃然大怒，認為是前屋主刻意隱瞞，讓他上當。

　　約翰就此事多次上門與前屋主對質磋商，又要求取消交易，卻給前屋主嚴詞拒絕，鬧得很不愉快。後來前屋主甚至請約翰不要再登門騷擾，指應該在法庭解決。約翰聽得更加光火，因為他買這套房子就已用盡積蓄，又何來多餘的錢打官司呢？而且打官司總是曠日持久，他現下未能工作，根本就是強人所難。

　　過沒多久，約翰夫婦就在家中被謀殺了。

　　警方認為這位前屋主的確有殺人動機，於是登門拜訪，請他協助調查。

　　前屋主對兩人有糾紛一事直認不諱，也承認的確與約翰曾有齟齬，但他絕不會因此殺害約翰。他指生氣是的約翰

而不是他，因為約翰認為自己受騙，但前屋主卻說事實並非如此，他對得住天地良心，而且還主動請約翰訴諸法律，因他深信自己有理在手，這樣又怎會對約翰下毒手呢？難聽點說，對約翰行使暴力，可是對他毫無好處。

警方認為這前屋主說得有理，加上他有不在場證明，於是亦排除了他的嫌疑，線索一下又再次中斷，既然在比格福克這邊沒什麼頭緒，警方於是找到約翰的母親去問個究竟。

約翰的母親提起約翰在與南茜結婚前有過另一段婚姻，跟前妻丹妮絲育有一子一女，兩人多年來因為孩子的撫養問題產生不少矛盾，甚至鬧上法院，原先約翰擁有孩子的監護權，卻在搬到比格福克後易手，讓約翰難以接受，決定為此告上法庭希望取回子女的監護權，然而官司還未開始他卻黯然離開了人世。

聽起來丹妮絲又的確有動機，警方於是大老遠跑到科羅拉多州約見丹妮絲。丹妮絲說自己作為全職家庭主婦，日常照顧兩名子女已經忙得不可開交，根本沒有機會離開當地，大老遠的前去把前夫殺掉，可說是忙到連殺人都沒有時間。不過，雖然她跟約翰確有齟齬，但兩人只是爭仔女監護權，約翰始終是兩名子女的父親，而且如今監護權落在丹妮絲手上，她並沒有亦不會恨得要殺死約翰和南茜。

由於丹妮絲身在科羅拉多州，兩地相隔上千公里，要照顧兩名子女的丹妮絲根本很難迅速而又不動聲色的往返兩地進行殺人計劃，警方最終把她排除在外。

靈媒相助

警方展開調查三個月，進度如陷泥沼，停滯不前；看在約翰的家人眼裡則以為警察無計可施，放慢手腳，為怕變成冷案，約翰死不瞑目，約翰的母親決定自己想辦法，尋求一名十分有名的靈媒——丹尼·白克雷的協助。白克雷除了是靈媒外還是位預言家，號稱死過翻生的人，過去曾經著書立說，認識很多名人，他的事蹟也是奇蹟，容筆者在文末與大家分享，現先繼續說案情。

白克雷僅僅問了死者名字和案發時間，然後就可以通過握著約翰母親的手，讀取到一些虛空中的訊息，這讓筆者想起一部少年漫畫《Eiji感應少年》，主人公也有相類似的能力。

白克雷用了十多分鐘的時間就「看」到事發經過，說兇手是個身材瘦小，眼窩內陷，深色頭髮的白人男子，長相年輕，大約十八至二十歲，對約翰家裡的情況異常熟悉，看來

並非初次到訪。這名男子現在於西北方某大學讀書，白克雷還看到他將於十二月時被警方拘捕。白克雷說得十分仔細，絕不含糊其辭，讓約翰母親深信不疑。

然而，警方可不是這樣想，在聽過約翰母親的話後，警方只把白克雷的話當成一般江湖術士的把戲，並未深究，事後方知白克雷的預測正確無比。

1993年12月6日，警方突然收到了遠在一千公里外的俄亥俄州一所大學的學生報案，說他有一位名叫約瑟夫的同學吹噓自己曾在蒙大拿州開槍殺人並詳細描述犯案過程，還在同學面前亮出手槍，證明自己所言非虛。

蒙大拿警方收到這消息後大為緊張，馬上趕到當地，與當地警方合作，調出有關約瑟夫的資料。當警方看到約瑟夫的照片時驚覺此人十分面熟，這才恍然大悟，原來兇嫌正是前屋主的兒子，他同時亦是調戲南茜那夥邊青的其中一員，當時警方沒查到他只是那天他剛巧不在。

警方將約瑟夫列為頭號疑犯，帶回警局偵訊。最初約瑟夫否認犯案，但在警方盤問下逐漸失守，謊言破綻百出。警方見其敗局漸呈，於是以免除死刑提出認罪協議，約瑟夫接受後坦承罪責，說出犯案過程。

約瑟夫聲稱，在案發前的好一段時間裡，自己一直被夢魘所擾，他在夢中開槍殺死了一對夫婦，並侵犯了婦人，他事後才想起夢中被殺的正是約翰夫婦。案發當日，他於睡夢中被一把聲音驅使，遂在凌晨時份半睡半醒間行動，他首先切斷了約翰家的電力供應和電話線，由於這是他父親的房子，他清楚知道可以從地下室的窗戶爬進屋裡，再逕自走到主臥室，毫不猶豫向熟睡中的約翰扣下板機。南茜被槍聲驚醒，約瑟夫為免她會反擊，就一不做二不休的把她都殺掉。

　　警方問約瑟夫有什麼動機和有否侵犯南茜，約瑟夫推說已經不記得，只記得自己拿走了約翰的手槍，警方最終在約瑟夫的床下底找回該槍。

　　筆者對約瑟夫的證供存疑，若真如他所言是睡夢中被聲音驅使，對某些部份又記憶模糊，說得那麼淡然，為什麼又會在學校向別人吹噓呢？約瑟夫的所謂供詞明顯不盡不失，但無論如何，雖然他與警方達成認罪協議，死罪可免卻活罪難饒，最終兩項謀殺罪及盜竊罪成，獲刑220年監禁，至少服刑60年才有機會獲得假釋。

　　案件到此告一段落，眼利的讀者或者已經發現，約瑟夫在十二月落網，剛巧與靈媒白克雷的預測不謀而合，不單如

●約瑟夫兩項謀殺罪及盜竊罪成，獲刑220年監禁。

Eldon and Shirley Petersen leave Lake County District Court Wednesday morning after Joseph Shadow Clark was sentenced to 220 years in prison for killing their daughter.

MICHAEL GALLACHER/Missoulian

220 years: Murderer sentenced

By DON SCHWENNESEN
of the Missoulian

POLSON — A Flathead Valley youth who inexplicably murdered a Ferndale couple in their bed last August was sentenced Wednesday to 220 years in prison.

Joseph Shadow Clark, 19, cannot be considered for parole or pre-release until he is 60 years old under the sentence imposed by District Court Judge C.B. McNeil for "the heinous acts of the defendant."

The judge said Clark had "violated the sanctity of the victims' home, at night, and without any apparent motive shot two innocent people, John and Nancy Bosco."

In a morning courtroom crowded with family members of the defendant and the victims, Clark appeared for sentencing looking clean-cut and placid, but declined when the judge asked if he had anything to say.

Clark avoided a possible death penalty by pleading guilty in an agreement that called for 100-year sentences for each of the murders.

There were no surprises at the sentencing, which lasted only a few minutes. Terms of the plea bargain had been previously announced.

Clark's attorney, Steve Nardi, declined to speculate when asked if some explanation of the murders might have tempered the sentence.

The judge added 10 years to each sentence for use of a dangerous weapon and ordered that the sentences be served consecutively. He also imposed a 40-year sentence for aggravated burglary, to be served concurrently.

McNeil noted that the state had not sought the death sentence because Clark was only 18 when the murders occurred and because he had no criminal history.

But the judge said the consecutive sentences were because the crimes required "a substantially longer term in prison for the defendant than would be required if he were given a life sentence."

John Bosco, 41, and Nancy, 32, had moved from Colorado to the Ferndale area early last year, purchasing their rural home from Clark's parents when the Clarks relocated their rustic furniture manufacturing business to the Somers area.

(See **MURDERER**, Page B-6)

Clark pleaded guilty to killing Nancy and John Bosco in August of 1993.

MICHAEL GALLACHER/Missoulian

此，約瑟夫的樣貌（見圖）跟白克雷先前的描述如出一轍，預測極之準確，到底他是何方神聖？

案件以外

本案提到的靈媒白雷克在美國赫赫有名，他的經歷本身就足已成書，絕對說得上是個傳奇人物。

上文提到，白雷克是個死過翻生的人，可能你會覺得也不算什麼奇事，類似事蹟時有聽聞。的而且確，筆者以前是當救護員的，都試過不下一次為心臟已停止跳動的人進行心肺復甦後，從死神手裡搶回病人的性命，但這只限心臟停頓不久的，因為理論上當一個人心臟停止跳動後，每過一分鐘能救活的機會就減一成，所以只要停個十分鐘，很可能就沒救了。

然而，白雷克的心臟卻停了足足廿八分鐘，遺體都已被包好送走了，他卻甦醒過來，你說奇也不奇？

話說白雷克少時是個問題兒童，經常撩事鬥非，直至廿五歲的時候，可能壞事做太多「畀天收」，在與友人通電話時突然被閃電擊中，被殛得全身皮膚焦黑，連手上的電話筒也為之熔化，白雷克心臟驟停，被送進醫院搶救並證實不治。

據白雷克憶述，他的靈魂當時脫離了身體，做盡壞事的他卻沒有下地獄，而是通過一條漩渦似的隧道。在通過隧道時過去廿五年的回憶像錄像般一一重現他眼前，不同的是過

去他總是當欺負人的一個，現在他的靈魂彷彿跑進那些被他欺負的人體內，感受他們當日感受到的事。

白雷克真正的感同身受，在覺悟前非後竟發現自己到猶如天堂的一座水晶城，還遇上十三位光靈，並從中預見了未來，同時得到了讀心術的能力。光靈希望白雷克能回到世上將一切公開，或許改變不到未來，但至少可以拯救更多人的心靈。

白雷克雖不願意，但下一刻他的靈魂就回到了醫院的走廊，眼見醫護人員為他蓋上白被單，就要把他推走時，他回到了自己的肉體並復活。

白雷克的瀕死經驗（或死後經驗）相信讀者都覺得聽起來並不陌生，有點像標準的神棍或邪教套路，當然信不信由你，反正約翰的母親信了，而且在約翰被謀殺中給出的資訊亦十分準確。

據知，白雷克從水晶城帶回了總共117個預言，當中竟然有86.7%實現了，準確率十分驚人。

白雷克神奇的經歷可說罄竹難書，他本人亦有著書立說，在各地舉行上千場演講，有興趣的朋友可以找他的書來看看，多認識一下他。

少女先後遭虐殺
呼名喚姓找真兇

　　上回提到的白雷克固然厲害，接下來將會提到的南茜·韋伯（Nancy Weber）也不差，她幫忙處理的這宗連環殺人案，甚至被部份人奉為靈媒辦案的最佳案例，認為她的表現無懈可擊。

　　1982年11月23日，艾美·荷夫曼（Amie Hoffman）失蹤了。艾美芳齡十八，是個高中生，住在美國新澤西州，在當地一個商場兼職。由於臨近感恩節，店裡的工作較忙，她當天輪了兩班工作，直至晚上九點多才離開，臨走前還不忘跟好友們道別。

　　艾美的母親等了許久仍未見她回家，於是便去她工作的商場找她，在停車場發現她的車，車匙還插在車裡，她的銀包和毛衣還在前排座位上，可惜卻不見人影，艾美的母親只好報警求助。

警方到場後展開調查，有目擊者聲稱看到艾美走到車旁打開車門時，突然被人從後襲擊，行兇者乘坐的綠色雪弗龍就停在艾美車子附近。

　　艾美生死未卜，母親只想艾美平安無事，能跟她一起歡度兩天後的感恩節，可惜她的願望永遠沒法實現。

　　警方懸紅高達五千美元希望可以找到任何有關艾美失蹤的線索，在四十年前五千美金算是一筆十分可觀的獎金，可惜重金之下依然未有可靠線索。

　　另一邊廂，跟艾美一同在該商場打工的一位好朋友找上了在當地頗有名氣的靈媒南茜幫忙。由於警方的調查尚未有什麼進展，朋友也只能給出簡單的資訊，只說艾美是在商場打工下班後失蹤，並未透露太多細節，但南茜只用聽的就忽然有大量訊息湧現，她看到艾美已經遇害並遭到性侵，身上有大量被利器刺穿的傷口，生前受到極之暴力的對待，過程嚇人至極，而她的屍體現正躺在水裡。

　　神奇的是，就在同一日，亦即11月25日感恩節當天，一對年輕情侶散步溜狗時，於水庫發現了艾美的屍體，正如南茜先前所描述，艾美的屍體上有大量被割傷的傷口，死狀可佈。

南茜翌日從報章讀到有關屍體發現的消息，卻未見有提及艾美生前受到性侵，碰巧南茜認識一名沙展威廉·休斯（Williams Hughes），她提醒威廉艾美曾遭性侵，是當時初步調查仍未發現的，後來證實南茜所言非虛，法醫真的在艾美的體內發現大量精液。雖然找到了屍體，亦找到兇手留下的精液，但礙於當年的法醫技術，對於兇手是誰警方依然毫無頭緒。

● 《Daily Record》於 1983 年 1 月 6 日報道此案。

威廉見南茜似乎真有神奇的能力可以獲得警方未知的資訊，於是便斗膽向負責調查的警官占士・摩爾（James Moore）提議找南茜幫忙，未料占士真的同意可以從另類的渠道找些參考資訊。

　　兩名警官邀請南茜一同到發現屍體的地點，看看又會不會發現什麼新證據。

　　這一次，南茜甚至給出了兇手的名字，他也叫占士（James），他的姓氏是波蘭語組成的多音節字，第一個字母是「K」，結尾的發音則是「ich」。南茜指兇手是個積犯，曾在佛羅里達的監獄蹲過，還警告說這兇手殺人成癮，很可能會再下殺手，警方必須盡快找到他。

　　南茜的猜測沒錯，很快就有第二位受害者出現了。

　　第二名女死者名叫迪爾德麗・奧布萊恩（Dierdre O'Brien），她跟艾美一樣身中多刀而亡，雖然兇手在擄劫她的途中被途人發現，兇手因此落慌而逃，但由於迪爾德麗受傷太重，最終在報案的途人懷裡傷重不治。

　　兇徒的行兇手法與先前相似，同樣是趁受害者取車時偷襲，幾乎可以肯定兩宗案件都是同一人所為，不同的是第二次有人目睹整個犯案過程，甚至為警方做出嫌犯的樣貌拼圖。

原本警方估計很快就會有關於兇手行蹤的消息，可惜的是根本無跡可尋，兇手依然逍遙法外。兩名警官見南茜先前的預測如此準確，遂向該案的檢察官正式提出申請，希望讓南茜加入調查，可惜被檢察官認為這並不科學而拒絕。

兇手落網

南茜雖然感到失望，但她並未就此放棄，為了阻止兇手繼續行兇，她集結了她的幾名學生圍成一圈，發出念想，作出默禱，過程並未詳細披露，但我想像就似《上海灘賭聖》裡頭的大軍一樣，偕同幾名擁有特異功能人士一同發功，劍指真兇，要他嚐回切膚之痛。這聽上去當然荒謬絕倫，誰又想到隔天會傳來驚人的消息？

●靈媒南茜‧韋伯

翌日，警官占士一大早就找上門，甫見南茜第一句就問她：「妳做了什麼好事？」

南茜如實說：「我和幾名學生昨晚舉辦了祈禱會，希望兇手伏法。」

警官占士帶來的消息正是——兇手終於落網了。

兇手被捕的經過簡單得令人難以置信，1983年1月17日凌晨，兇手報警說自己夜晚駕車出遊時被一名身份不明的女子刺傷，警察按正常程序調查，發現他所駕駛的汽車與當日被目擊到的綠色雪弗龍非常相似，於是將他拘捕。其後發現他座賀的輪胎痕跡與兇案現場發現的極為相似，亦在他車上發現與死者身上衣服匹配的衣物纖維，相信他就是連環謀殺案的兇手。

兇手名叫占士·庫達迪奇（James Koedatich），竟然真的如南茜先前預測的名叫James，而姓氏又真的是以K開頭，並以ich結尾。占士亦真的如南茜所言曾在佛羅里達州的監獄待過，罪名是二級謀殺。而他在服刑期間曾殺死過一名獄友，看來根本是個殺人成癮的人，但後來被判是合法自衛，更讓他在服刑十一年後假釋出獄。

不幸的是這名天生殺人狂出獄後並沒學乖，而是再犯下

兩宗謀殺案，手段兇殘，視人命如草芥，看來跟先前提過的很多案件一樣，是假釋錯了，很多殺人犯根本是江山易改，本性難移。

占士一審被判死刑，其後被改為無期徒刑，他曾於2017年提出希望進行DNA鑑定，因為當年在艾美身上找到了精液，但當年的技術未能作出DNA對比，如今他希望藉此翻案，但截至今天仍未有進一步消息，他依然在囚，要到2038年才可以提出假釋，到時他未死的話已經90歲，但筆者認為就算他已年老力衰也不要放他出來為宜，以免為禍人間。

占士也是個連環殺手的範例，擁有一個不幸童年，經常目睹父親虐待母親，之後父母離異，對他造成一定的童時創傷，心裡留下了陰影，在成長時讓性格變得扭曲。

至此，案情看上去並沒有什麼懸念，一看易懂，占士很有可能是因為想再度犯案，卻失手被刺傷，他懵然不知自己的座駕早被點相，結果作繭自縛，被警方拘捕。然而，當日要非占士自投羅網，警方掌握的證據其實不多，對兇手的身份更加是茫無頭緒，就只得靈媒南茜早就洞悉一切。

靈媒操作，一定會有人提出質疑，讀者如你亦然，但先前提到的一切並非南茜片面之詞，而是有警官占士·摩爾和威廉·休斯站出來背書。

但有專門研究（踢爆）靈媒探案的著名美國作家班傑明・雷德福（Benjamin Radford）指出，若南茜的情報真的如此準確，甚至給出了 "James Kxxxxxich" 這麼仔細的情報，警方無理由什麼都查不到，因為雖然已事隔多年，班傑明本人嘗試翻查當年的電話簿（筆者按：現在的年輕人大概不知道什麼是電話簿了），只用了二十分鐘就找到相關人士，一個是兇手的父親、另個則是兇手的哥哥，警方很有可能從他們身上套出有用的情報，縱使在當年利用電話簿是個慣常的手法，但警方並沒有這樣做。班傑明質疑，如果南茜提供了這樣的名字情報，相信他的兩名警探為什麼不這樣做？

　　筆者認為這個質疑雖然合理，但有追看奇案系列的讀者都應該明白，很多時候證據明擺著在警方眼前，警方也會看不到的，調查亦會經常走錯方向，筆者不會單純怪罪他們無能，這很可能是警察的偏見有關。總而言之，筆者認為他們當日手執有用證據卻沒查出來，並不能就此證明南茜作假。

　　同時，亦有質疑指南茜之所以能說出兇手姓氏為「K」字開頭「ich」尾，是因為早就有目擊者透露兇手疑似是波蘭人，而很多波蘭人的姓氏都是「k」開頭「ich」尾，就像筆者年輕時睇女排，俄羅斯女選手每個都是「娃」字尾。不過這個質疑也是有點勉強，因為若兩位警探的話屬實，南茜能指出兇

手名字是「James」，這用剛才提到的方法根本猜不出來。

　　班傑明亦指，南茜一開始聲稱失蹤的艾美在水裡頭講得概括，是一種靈媒常用的手法，其實我們生活上很多地方都會與水有關，到屍體發現時總會說得通。而女子遭擄走後殺害，很多時都會遭到性侵，並不是什麼難以估計的事。筆者當然明白這些道理，但某程度上這都是馬後炮，要在當時就判斷出來並不容易，至少警方就辦不到，而當一件事只發生一次兩次可以是巧合，但南茜連續「猜」出幾樣當時未為人知的事實，則很難說純粹是說話技巧或心理詭計。

　　班傑明提出最大的質疑是，據兩名警探的憶述，南茜雖然給出很多有用的情報，但在破案的過程中可說毫無助益，最終找到兇手都不過是兇手粗心大意，或說是一個巧合。

　　筆者並不是說南茜必定有神通，很多事有用的情報也未必幫得上忙，但也不能說提供情報者沒用吧？當然，現實中神棍總比能人異士多，筆者只是認為我們理應戒慎恐懼，卻又不用全然排斥，神通不能當證據，但若然能成為得到證據的渠道，也未嘗不可一試。

少女放學後失蹤
南茜再次顯神通

　　上回講到，有不少質疑南茜的聲音，若她真是神棍的話，幫忙破案一次或許是湊巧、或許是好運，但若然屢破奇案，就定當有點門道，要不她真有神通，要不她就是個隱世偵探，現實中的福爾摩斯。

　　南茜的破案事蹟，不只一單，正因如此，她才是遠近馳名的靈媒，接下來我們又看看她如何大顯神通。

　　新澤西州長谷，位於華盛頓鎮，在八零年代是個民風淳樸，居民夜不閉戶的地方，所以當只有十四歲的瑞秋（Rachel Domas）放學後失蹤了，家人報警時，警察最初只以為她到朋友家玩而忘了告訴家人而已，並沒有很認真的看待。但瑞秋的家人可不是這樣想，因為瑞秋從未試過這樣無故失蹤，是個很有交帶的孩子。

　　瑞秋的家人見警方不為所動，與學校商量後，校方亦

認為事態並不尋常，於是改由校長出面，親自打給探員嘉利（Gary Micco），亦說明瑞秋絕不會是個放學後不回家跟朋友去玩而不通知家人的學生。這麼一來，嘉利只好親自走一趟，先到瑞秋的家看個究竟。

嘉利與瑞秋的父母見面，其父母不斷重複事情不對勁，瑞秋絕不會這樣無影無蹤，嘉利在看過瑞秋的照片後亦改變了看法，因為他認得瑞秋，瑞秋小時候是步行上學的，每天都會經過一個警員駐守在學校附近的崗位，嘉利印象中的瑞秋確是個乖巧的女孩，不似個不願回家的少女。而嘉利也造訪了瑞秋的房間，一切如常，並沒有帶走衣服鞋襪及個人物品，不似是離家出走。

同一時間，或許是怕警方嘆慢板，瑞秋的親朋戚友找上了上回已顯過身手的靈媒南茜。

南茜單憑從電話聽個大概就已經開始感應到當時的情況，南西聽到一些扭打的聲音，感覺是在一些枯葉上糾纏，還有一些樹木的味道。然後，南茜看到一名男子，看不清容貌，但看到他的雙眼在轉，在他身上瀰漫著一股汽車的味道、汽油的味道。南茜最後還見到一個少女，但她不肯定是否失蹤的女孩瑞秋，她請來電者盡速帶來瑞秋的照片，這能夠讓她看得更多。

嘉利並不知道瑞秋家有親友找靈媒幫忙一事，但他作為探員亦開始了調查，他知道瑞秋趕不上放學的校巴，因而改用走路回家，那麼她很有可能在路上遇害，而漫漫長路總會有人見過她，嘉利希望能找出目擊者。

　　由瑞秋學校回家的路上會經過一個頗繁忙的油站，嘉利決定先去問問有沒有消息。嘉利從油站老闆和員工們口中得知，當日有一輛綠色的富豪汽車就停在近山丘大路旁的樹叢附近，停了好幾個小時，而車主正是他們油站的一名前員工米高（Michael J. Manfreddonia），當天他也有來過油站，並說他的車壞了需要協助，他們指米高很有可能見過瑞秋。

　　嘉利發現米高並非該鎮居民，而是住在鄰鎮，於是先致電那邊的警局套一下料，這才知道米高原來有擾亂秩序和偷竊的前科。嘉利本想要米高的地址再過去親自跟米高見個面，沒料到對方告訴他，米高剛好在他們總部，不過不是因為犯案，而是碰巧在辦一些與社區服務相關的事。嘉利見機不可失，就馬上趕過去，並正式向嘉利偵訊。

　　嘉利問到米高當日做過些什麼，米高選擇用寫表格般詳列的方法來告之嘉利，奇就奇在米高寫得極其仔細，一般人大概會以小時作單位來回覆當天的行程，但米高卻細緻到以分鐘為單位，這看在嘉利的眼裡感覺十分奇怪，若不是當天

有重大事情發生，誰會記得那麼仔細？嘉利感覺到，他好像找到重要線索了。

米高有提到壞車一事，期間在附近遊蕩了兩三個小時，之後修好車後就駕車回家。

嘉利問米高有沒有見過瑞秋，米高說沒有，但嘉利指若他當時在那路上逗留了兩三小時，理應會見到瑞秋經過，但米高矢口否認，堅決說沒有見過。

嘉利覺得米高的口供十分可疑，遂決定多找個有經驗的探員佐治（George Deuchar）來幫忙，看能不能一同旁敲側擊，攻破米高心防。

失蹤案變兇殺案

另一邊廂，瑞秋的親友帶著瑞秋的照片找上了南茜，南茜一看到瑞秋的照片就馬上確定之前感應到的女孩就是瑞秋，而很不幸地，她已經身亡。南茜嘗試聯絡一個她認識並合作過的探員，指自己能提供有用線索。

嘉利連同佐治不停盤問米高，發現他的證詞前後矛盾，明顯有所隱瞞，但就是沒辦法把他隱瞞的事引出來。米高經受不起兩人的迫問，終於要求見律師。與此同事，嘉利的電

話響起，是一位探員打來說有相熟的靈媒能提供情報，並告之他南茜的電話號碼，不過當時嘉利正好事忙，所以並未致電南茜。

米高要求見律師，嘉利已盤問了他近十四個小時，在缺乏直接證據指控米高的情況下只能放他走。

嘉利在送走米高後才想起南茜，於是撥了一通電話過去。

南茜一來就告訴嘉利，瑞秋已經死了，然後問嘉利：「那個男的叫米高，是嗎？」

嘉利震驚得難以形容，因為他盤問米高的事並未公開，知情人士少之又少，南茜不應該知道。而如果南茜猜測準確，那麼更可怕的是他們剛放走了那個殺人兇手。

就在嘉利與南茜通電話的時候，正帶隊在米高家附近搜索的佐治收到電話，指其中一隊搜索隊伍在樹林裡找到了瑞秋的筆記簿和鞋，佐治趕到時隊伍已經找到了瑞秋的屍體，現場情況慘烈，讓人不忍卒睹。

瑞秋的胸部和背部總共中了二十六刀，曾遭到性侵，死前經過漫長的痛苦。

失蹤案正式升格為兇殺案，這麼一來就有理由再請米高協助調查了，但當警方趕到他家時，他卻早就聞風而逃，他

的家人表示不知道他會逃到哪裡。

米高明顯是畏罪潛逃，警方立即加派人手，希望將他捉拿歸案，但追緝了大半天，連個影也沒有找到。

這時候嘉利又想起南茜，於是便約她見面，請她幫忙，並遞上一件米高的私人物件讓南茜感應。

南茜看到米高躲在山上，他之所以避得開警方追捕，是因為他在山上能看清楚警察的動向。南茜感覺得到米高情緒極不穩，思緒混亂，應該服用過大量藥物，他十分疲累，無時無刻都想回家。南茜建議嘉利在米高的家守株待兔，相信米高很快就會出現。

神奇的是翌日米高的父母就報警指米高回家了，警方終於成功逮捕他。

米高最初雖然否認殺人，但紙終究包不住火，後來才坦白交代案情，原來真如嘉利推測，瑞秋有經過他停車的地方。米高見色起心，向瑞秋搭訕，邀她去玩，卻被瑞秋一口拒絕，還嘲笑他的外表奇怪和性格幼稚。米高一怒之下就從車上拿出利刀，把她推倒，再進行性侵，最後殺人棄屍。

米高謀殺罪成，被判終身監禁，三十年內不得假釋。

跟上次的案件一樣，看來南茜的參與並沒有真的協助破

Slayer's life spared by judge

The Associated Press

MORRISTOWN — A 20-year-old man convicted of fatally stabbing a teen-age girl was sentenced to life in prison yesterday by a state judge in New Jersey's first non-jury capital punishment case since the death penalty was reinstated four years ago.

Superior Court Judge Reginald Stanton rejected death by lethal injection for Michael Manfredonia of Chester, calling the defendant "a truly pitiful man, deeply tormented by the evil forces he finds within himself."

The defendant, whose head was bowed during the sentencing as it was during his seven-day trial, must serve at least 30 years before becoming eligible for parole.

Last Wednesday, the judge found Manfredonia guilty in the Sept. 22 slaying of Rachel Domas in a wooded area in Long Valley.

The body of the girl, who had been stabbed 26 times, was found two days later in a shallow grave.

Stanton also had ruled that Manfredonia was guilty of kidnapping, sexual assault, felony murder and possession of a weapon for an unlawful purpose in the death of Miss Domas.

He will be sentenced Aug. 3 on the kidnapping, sexual assault and weapon charges. For sentencing purposes, the felony murder conviction was merged with the murder charge.

"When I look at some of the facts ... a lovely girl who was so senselessly and cruelly ... I am moved strongly in the direction of the death penalty," the judge said. "However, when I look at the murderer, I am moved in the opposite direction.

"I hope that my decision not to take another life will be seen as a special and strongly affirmative statement about the value, the beauty and the goodness of Rachel's life," he said.

Stanton said he placed great weight on a psychiatric report outlining the emotional stress under which Manfredonia has lived.

The defendant, he said, has suffered a life of rejection because of a lazy eye disorder, among other things, a self-conscious attitude and a mental state the judge termed as "borderline retardation."

The judge also mentioned Manfredonia's age as a factor in deciding against imposing the death penalty.

Since 1982 when the death penalty was restored in New Jersey, the trial was the first capital murder case in which a judge, rather than a jury, decided the verdict and the sentence.

One woman and 20 men are on Death Row at Trenton State Prison.

William Lang, Manfredonia's lawyer, acknowledged in closing statements that his client killed the girl.

But he said the death penalty was not warranted because of his client's age and lack of a previous criminal record.

Morris County Prosecutor Lee Trumbull said Manfredonia stabbed Miss Domas with a 6-inch serrated survival knife after sexually assaulting her in the woods.

Manfredonia was "like a hawk that sees a young rabbit away from its burrow and then swoops down. We have Michael Manfredonia swooping down on Rachel Domas," the prosecutor said.

Associated Press
MICHAEL MANFREDONIA
Must serve 30 years in prison

案，但她給出的情報奇準無比，就連嗅到汽油味也準確無誤，因為米高曾經在油站工作，而當日亦曾在油站出現，身上當然會有汽油味了。

正如筆者常說，對於一些所謂神通得來的訊息，在茫無頭緒時不妨拿來參考，至少探員嘉利能保持開明的態度去看待靈媒協助，我覺得是件好事。

● 《Asbury Park Press》 於 1986 年 1 月 18 日報道此案。

少女無故失蹤影
母找靈媒助緝兇

　　怎樣能夠判別自己找到的是靈媒還是神棍，很多時我們都會用到一個方法，要求對方說一些理論上他絕不知道的情報，說得出來的話或許就有些真材實料。

　　之前提到的白雷克能準確形容兇手樣貌，而上兩回的南茜則讀出兇手的名字，到今一回的靈媒則兩者皆有，真是各施各法，大顯神通。

　　已經是三十年前的事了。

　　貝琪（Becky Stowe），十五歲，一名性格活潑、爽朗而美麗的少女，她於一九九三年七月九日，她在離開朋友家後失蹤了。

　　貝琪是家中幼女，對上有個大她十一年的姐姐，自小父母離異，她隨母親和姐姐同住在密西根州西南部一個名為奈斯的小鎮。及後，貝琪的母親有了新男友史堤夫，在貝琪

的姐姐結婚搬出後，史堤夫就搬去跟貝琪和她媽媽同住。相見好，同住難，貝琪過去只是偶然和媽媽的男友見面還好，但當同一屋簷下，磨擦自然多，貝琪開始感覺與史堤夫合不來，加上青春期的反叛，甚至會與史堤夫激烈爭吵，當鬧得不愉快時她就會跑到好友積琪蓮家中暫住三幾天，貝琪的母親都已經習以為常，知道女兒到積琪蓮家也不會反對。

事發當日，貝琪正值暑假，賦閒在家又再與史堤夫齟齬，史堤夫因為貝琪沒有打掃廚房而大罵，貝琪則指自己暑假期間對方一直指指點點，結果當然是再一次一言不合，離家出走，跑去找積琪蓮了。

其時積琪蓮與男友托德同居，怕三人同住不方便，所以托德亦識趣回了自己的家，讓貝琪和積琪蓮這對閨密傾談少女心事，先好好度過一晚。

翌日早上，積琪蓮有事外出數小時，原本打算下午回去後就帶貝琪外出散心，回家後卻發現貝琪不見了。積琪蓮有想過貝琪會不會是回家了，但見她的個人物品還在又好像不是，未幾就發現貝琪留下的便條，說自己去了男友羅伯特（Robett Leamon）的家，著積琪蓮不用擔心。

積琪蓮有聽貝琪提起過男友的事，而且羅伯特住得不遠，徒步可到，讓她放心。豈料一小時後，羅伯特竟然致電

給積琪蓮要找貝琪。

「等等，貝琪不是去你家找你嗎？」積琪蓮慌張的問道。

「什麼？她怎麼會來我家？我沒有約她啊！」羅伯特說。

「但她留下了便條，說要去找你的。」積琪蓮說。

「我真的沒有見過她，我整個下午都跟我表弟在一起。」羅伯特說。

那麼，到底貝琪哪裡去了？

積琪蓮連忙將這事通知貝琪的母親戴安，戴安並沒有第一時間報警，而是先逐個電話打給親朋戚友問有沒有貝琪的消息，然後又和男友史堤夫駕車去一些貝琪慣常出沒的地方，看會否有貝琪的蹤影，可惜直到第二日的朝早依然沒有找到，才決定報警。

警方展開調查，第一個問的就是已知最後見過貝琪的積琪蓮，積琪蓮如實將事情告訴警方，還遞上貝琪寫著要去羅伯特家找他的便條，警方鑑定確是貝琪筆跡，於是就去找羅伯特。

羅伯特的說法亦是跟先前回答積琪蓮時一樣，說自己沒有約貝琪，當日亦沒有見過她，不知道為什麼貝琪會留下這

樣的字條。警方當然不會就這樣信他片面之詞，於是要他拿出證明，羅伯特就說當日早上到園藝公司兼職，下午則跟表弟一直在一起，警方找來園藝公司老闆和羅伯特的表弟證明羅伯特所言非虛，初步排除了他的嫌疑。

這麼一來，貝琪難道是在離開積琪蓮家前往羅伯特家的路上遭遇不測？

警方認為積琪蓮的男友托德也有可疑，理由是貝琪的出現打擾到他與積琪蓮二人世界，而他亦很有可能做到，因為他知道積琪蓮早上有事需要離開數小時，若他當時回到積琪蓮家就可以為所欲為了。

托德表示自己當晚駕車回家後就倒頭大睡，其餘時間皆和朋友一起，更願意讓警察搜查他的房間和車子，警方深入調查後亦排除了他的嫌疑。

三天之後，積琪蓮再一次連繫警方，並提供一些重要情報，之前未有提起是因為這是一件有關貝琪的秘密，她曾答應過貝琪不會告訴別人，但礙於現在事態嚴重，為了查明誰是真兇，認為不得不說，就是貝琪失蹤前曾告訴積琪蓮自己懷孕了，而經手人正是羅伯特。由於貝琪怕母親責罵，所以未有告訴母親，這件事就只得她自己、積琪蓮和羅伯特知道。貝琪希望把孩子生下來，但羅伯特並不同意，貝琪正因

此事深感困擾。

　　警方得悉後認為這絕對是羅伯特動手的一個強烈動機，於是再次找他偵訊。

　　羅伯特表示的確知道貝琪懷孕一事，但兩人商量後已達成共識要把孩子拿掉。羅伯特還表示兩人關係只是「各取所需」，算不上真正的情侶，他本身有位真正的女朋友安琪娜，只是女友趁暑假回到紐約去了，他才找貝琪玩玩而已。

　　警方對羅伯特的證供提出質疑，要求他進行測謊，羅伯特同意並順利通過，這樣警方不得不將他從嫌犯的名單上剔除。

缺乏直接證據

　　接下來警方的焦點就轉向經常與貝琪吵架，兩人早有嫌隙的史堤夫身上。因為史堤夫是跟貝琪發生最多直接爭拗的人，同時以警方的經驗所得，類似的案件很多時男的也會對女友的女兒動歪心思，所以就找來史堤夫查問。

　　史堤夫表示事發當日自己身體不適，整天都在家臥床休息，由於這缺乏人證，警方於是要求史堤夫作測謊，豈料史堤夫卻斷然拒絕，不單如此，及後他還不辭而別，離開後便再沒回來。

難道兇手真是史堤夫？他是畏罪潛逃？

縱使史堤夫的行徑如此令人懷疑，但由於警方缺乏直接證據，他們也沒法拘留史堤夫，只能從其他方向著手調查，可惜卻茫無頭緒。

警方雖然展開了大規模調查，但莫說真兇，就連貝琪的屍體也沒有找到。

貝琪的母親戴安等了幾個月見調查仍沒寸進，終於不忍了，決定自己去找靈媒幫忙。

戴安不惜遠赴佛羅里達州找上享負盛名的靈媒——羅琳‧雷尼爾。

羅琳先描述貝琪的外貌和性格特徵，這些都沒什麼難度，因為案件鬧得沸沸揚揚，很多有關貝琪的資訊都可以從報章上看到，但接下來靈媒的話卻驚呆了戴安，羅琳直指貝琪懷有身孕。這本來連戴安都不知道的秘密，在積琪蓮透露出來後也只有極少相關人士知道，警方並沒有向外透露，但羅琳竟能言之鑿鑿，看來的確有點門道。

羅琳續指貝琪已經遇害並埋在地底，兇手與貝琪認識，長相清秀，姓氏以「L」開首，之後更將她「看」到的兇手容貌畫出來。戴安一看大驚，這不正是羅伯特嗎？而羅伯特的

姓的確是以L開首。羅琳還提供了地圖，畫出藏屍地點，指那是一個靠近鐵路和有水的地方。

戴安拿著從羅琳處得來的重要證據回去報告警方，警方卻認為這種所謂線索毫無根據，因為對他們而言，羅伯特已經通過測謊，而且也有不在場證明，理論上已經撇清嫌疑，所以不願重啟對羅伯特的調查。但經戴安的苦苦哀求下，還是同意了對羅琳所指的區域進行搜索，可惜依然未能找出貝琪的屍體。

儘管如此，戴安為了找回愛女以及為她伸冤，依然不肯放棄。首先，她聚集了一批志願者繼續在靈媒指的地方搜索；另外，她還用盡辦法給羅伯特及他身邊的人施壓，當中亦包括積琪蓮的協助，積極地向同學們打聽消息，還多次找上羅伯特的女友安琪娜了解情況，縱使安琪娜說自己毫不知情，但積琪蓮還是問個不停。

戴安和積琪蓮的努力並沒有白費，就在貝琪失蹤兩年後，警方終於都收獲一宗重要消息，提供消息者正是羅伯特的女友安琪娜。

安琪娜供稱，大約在一年前，羅伯特在她面前親口承認自己殺害了貝琪，並將屍體埋在叔叔的農場裡。

警方當然會問安琪娜當時不說呢？

安琪娜解釋，這是因為自己很討厭貝琪，加上自己無份參與，當時就想置身事外。及後，因為忍受不了同儕的指責和排擠，加上積琪蓮的反覆追問，她決定站出來說出真相。

警方感到異常震驚，難以相信一個只得十六歲的少年竟然能完美地通過測謊，還對經驗老到的探員應付自如，然而結果卻顯而易見，因為警方真的從羅伯特叔叔的農場挖出了積琪蓮的屍體。

由於屍體嚴重腐爛，已經很難知道死因，也看不到懷孕的情況，但從屍體上的衣物和牙齒記錄可以確定死者就是貝琪。

警方這次依謀殺罪拘捕了羅伯特並對他提出質問，羅伯特解釋是與貝琪玩摔跤時不小心傷害了對方，後因害怕而埋屍。警方對羅伯特的證供表示懷疑，姑且不問有誰會和女朋友打摔跤，問題是若他只是不小心傷害了對方，發生意外後為什麼不報警或召喚救護車呢？

及後，警方更發現羅伯特謊話連篇。

警方重新找來羅伯特的證人來問話，其表弟表示，在事發的前一天羅伯特就在叔叔的農場挖洞，還找他幫忙，更親自

試了一下洞的大小是否埋得下一個人。表弟之所以沒有將這事告之警方，是因為他沒有聯想到與貝琪有關。由於他是有學習障礙的問題，警方選擇相信他，不認為他是刻意隱瞞。

早一天就把洞挖好了，很明顯就是蓄意謀殺，而不是什麼意外。

羅伯特見再難狡辯下去，才終於說出實情。由於貝琪懷孕，但他只不過把對方當作短暫的伴侶，希望對方把孩子打掉但遭貝琪拒絕，他不想負責任，又怕被女友安琪娜知道，

● 《Detroit Free Press》於 1997 年 1 月 30 日報道此案。

於是便把心一橫，計劃殺了貝琪。事發前一天，他提前與表弟挖好大坑，翌日把貝琪約到叔叔的農場見面，殺害後埋屍，然後立即打電話給積琪蓮表示沒有見過貝琪，然後又找表弟去玩製造不在場證明。

任羅伯特如何精心策劃殺人詭計，最終都難逃法網，一審被判一級謀殺罪成被判終身監禁，不得假釋。此案在2020年重審，法官指羅伯特犯案時未成年，改判廿五至六十年監禁，而羅伯特已於2021年出獄。

案件延伸

這案件讓筆者對「測謊」這回事起了迷思，到底測謊準確嗎？

羅伯特通過了測謊，但他才是真兇；史堤夫明明與案件無關，但他拒絕了測謊的要求。為什麼會有這樣的結果？只要夠冷靜，滿口謊言都可以通過測試嗎？

一般測謊機都是檢測心跳、血壓、呼吸頻率、皮膚電阻和出汗量等變化來推測受驗者是否說謊。換句話說你只要真的講大話當食生菜，生理毫無變化的話，當然測不出來。

相反，我大概明白為什麼史堤夫不願意接受，或許是他

本來就是個特別易緊張的人，他雖然知道自己是無辜，若自己表現緊張被認為撒謊怎辦？雖說平生不作虧心事，半夜敲門也不驚，但以筆者為例，雖然近年受過不少訪問和做過不少節目嘉賓，但始終改不了一見到鏡頭就緊張的習慣，若把測謊機套在我身，肯定呱呱作響。

所以，測謊機存在十到十五巴仙誤判率，有些地區只把測謊結果當作參考而非證據。

有見及此，聰明的科學家又想到另一種方法去測謊，就是利用磁力共振直接觀測大腦活動。皆因我們說話、思考、策劃、情緒反應等都會動用到前額葉，那是一個我們無法自由控制的區塊，而當我們要講大話，亦即作故仔時，其活動消耗會是講真話時的兩倍，用機器就看得出來。

可惜這種測謊法還未普及，應該還有它未盡完善的地方，如果一個人講大話講得連自己都騙得信以為真，或許連這部機器也測不出來吧！

冤魂托付陌生人
助查覓被當兇嫌

之前提及到靈媒以神通方法獲取情報，警方很多時都會認為這種消息來源不可靠，因為消息渠道不科學、不正宗。

靈媒已經是專業的了，如果你信的話，至低限度也是職業吧！他們提供情報尚且會受到這麼多質疑和阻撓，那麼一般人的話又如何呢？

答案是，隨時把你當兇嫌！

四十年前，在美國的加州伯班克市就發生過這樣的事例。

伯班克市位於洛杉機，被譽為世界媒體之都，很多世界知名的傳媒和娛樂公司都在該市設立總部，是一個繁華和文明的地方。

1980年12月15日傍晚，市內一間醫院的職員報警，指有一名護士梅蘭妮（Melanie Uribe）失蹤了。本來當晚梅蘭

妮是要上晚班的，但到了換班時間依然沒有出現，致電她家又無人接聽，職員稱梅蘭妮是個極富責任心的人，在醫院工作多年從未試過曠工，就算遇有急事都必定會先致電醫院，所以怕她出事了。從事醫護的朋友就會知道，的確很多人在家裡突然暈倒最終無人發現而失救的例子，職員的擔心不無道理。

警方接報後派人前往梅蘭妮的住所查看，發現梅蘭妮不在家中，與她合租的房客表示梅蘭妮在晚餐後便出門上班了，出門時還帶著她的護士服。

警方推測梅蘭妮是在上班途中出意外了，於是接手調查，開始搜索，結果翌日早上在一偏僻的公路上發現一輛已徹底燒毀的農夫車（又稱「皮卡車」），車旁草叢處遺留下一套護士制服，經鑑定後證實兩者都屬於梅蘭妮所有，但在現場卻不見梅蘭妮的身影，未知她是死是活，也不知在她身上到底發生什麼事。

警方於是廣播意外消息，希望獲得一些有用的情報。

未幾，即有知情人事報料，他在十五日晚上回家，把車停下等紅燈時，看到一輛同樣停下等燈的農夫車，突然被三名男子闖入，之後還聽到女子的尖叫聲，三名男子連忙把車開走，他因為害怕而不敢制止，亦未能看清三人的容貌。

警方可以肯定這一是宗劫持的案件了，然而目擊者沒有看清三人容貌，連拼圖都做不到。那個年代路上又沒有監控鏡頭，又無手機等可供追蹤定位的東西，警方要找到三名犯人，簡直是大海撈針，一籌莫展，只能通過新聞發放訊息，希望再一次獲得知情人事報料。

感應能力

　　沒多久，知情人事來了，但她並不是我們所理解的一般目擊者，因為她並不是用雙眼去看的，而是用感應。

　　報料人名叫艾達・史密斯（Etta Smith），三十二歲，在一間航天公司擔任文員，薪高糧準，是位在當地社區有點名望的女性。事發後兩天，艾達看到了有關梅蘭妮失蹤的新聞，這時一道來自虛空中的聲音直進她的腦袋，告訴她：「她不在房子裡。」然後艾達就不單只聽到，還開始有畫面出現在她的腦海中，她看到一個峽谷，接著是蜿蜒曲折的山道，是泥濘般的路，然後是灌木叢，透過灌木叢她看到一些白色的東西，影像有點模糊，沒有看得很清楚，但她認為那是一種獨特的白，她知道了——是名護士，護士制服上的白。

　　換作是你有這樣的經歷，你會去報警嗎？

艾達稱由於感覺過於強烈，她認為就算被警察當瘋子都好，她都有責任告訴警察，她心裡想：「我不能就這樣放手，因為我想知道這個人是否需要幫助，若真是來自她的救助訊息，而她沒幫忙的話就慘了。」

艾達惴惴不安，親自跑到警局將此事告之一位名為李爾・懷恩（Lee Ryan）的警探。出奇地警探並沒有認為艾達是瘋子或搞事，反而認為她說得情真意切，不似作假。李爾不懷疑艾達的動機，只是她說真話亦不代表她「看」到的是事實，所以警方只能委婉地感謝艾達提供的情報，他們會仔細研究。

警方說到做到，沒有打發艾達離開後就置之不理，由於艾達描述得極之仔細，甚至能在地圖上指出大概位置，就在洛佩茲峽谷，這至少讓警方有個討論的方向。經商議後，或是覺得反正本來就無跡可尋，現下亦一試無妨，於是致電艾達，請她明早過去警局，到時會派出直昇機帶她連同其他警員一同前往該山區搜索。

儘管警方已出奇積極地回應著艾達，她還是覺得要等到第二日早上太遲了，因為在她腦海中閃現的畫面裡頭，梅蘭妮生死未卜，若仍有救的話定要盡早趕去。艾達實在坐不住了，她一刻都不能等，便決定偕女兒和侄女一同駕車前往洛

佩茲峽谷。越鑽進峽谷的深處，艾達的感覺就越強烈，甚至讓她感到不安、害怕和刺痛，但她並沒有退縮，仍堅持繼續前往。直至她在山谷的泥濘路上發現一條嶄新的車胎痕跡，她決定下車看看，然後就如之前腦海中出現的畫面，她看見了灌木叢，她繼續前行，在灌木叢環目四顧，終於見到那獨特的白，原來是一雙護士鞋，穿著護士鞋的是一具赤裸的女屍。

艾達馬上通知警方自己發現了屍體，警方火速趕到，經鑑識後證實是梅蘭妮，死於鈍器打擊，死前曾遭到性侵。

但令艾達造夢也沒有想到的是，警方第一時間把她拘捕了，對警方來說，除兇手或幫兇外，沒有人會如此清楚棄屍地點在哪，而艾達逕自來到棄屍地點這行為在警方眼中也是十分奇怪，所以把她列作嫌疑人拘留起來。

艾達被好人當賊辦，當然提出抗議，而且早有目擊者說是三名陌生男子把梅蘭妮劫走的，她要是幫兇就不必向警方提供線索，任由屍體腐朽就好了。

警方向艾達進行長達連續十小時的盤問，甚至要求她進行測謊，而艾達亦順利通過了。艾達解釋自己所做一切皆出於好意，她不是靈媒，沒想過嘩眾取寵，她本身有穩定工

作，她只是恰巧有些奇遇而已，但警方就是不信，堅持把她留下，最終拘留了足足四天，直至事件水落石出。

就在艾達被拘留期間，有人向警方報料，聽到疑似是兇手的人向身邊人吹噓自己和同伴如何殺害了梅蘭妮，警方根據這條線索逮捕了嫌疑人。

嫌疑人和盤托出，承認於15日晚上與朋友在路上見到梅蘭妮後見色起心，強行闖上她的農夫車並駕走，前往廿五公里外的洛佩茲峽谷，侵犯完梅蘭妮後再用石頭砸死她。

這麼一來才還了艾達的清白，但深感委屈的艾達決定控告警方不當逮捕，有損她的聲譽，最終法庭判艾達能獲得兩萬四千美元賠償。

換作是你，你也會跟艾達一樣見義勇為嗎？

又見死者來託夢
母女同心齊緝兇

　　過去有不少案例都說明親人之間有著某些心靈感應，尤以雙胞胎最多，有時則是父女、母子等。例如明明兩人天各一方，兒子出事了，距離很遠的母親卻會同時心緒不寧，打電話給兒子時才知他剛發生交通意外了。

　　像上回提到的託夢給陌生人實為少數，但託夢家人的話則時有聞之，說實在話，筆者先父亦曾託夢幾次，當中亦提過一些我在現實中不知道的資訊，後來卻被我證實為真，這些故事我在之前的拙作有都提過，就不在此贅了。

　　1982年11月5日晚上七時半左右，美國紐約市當地警局接到報案，說伊利莎伯街128號停車場上，有一名女士倒臥地上，久未起來，可能需要協助。

　　警方接報後馬上派出警車和救護車到場查看，發現女子已沒有呼吸脈搏，當場證實死亡。女子倒臥在一輛車的後

方，頸部有明顯的勒痕，頭部還有被毆打過的痕跡，一邊的手套和鞋不翼而飛，褲被褪到膝蓋以下，疑似曾遭性侵，一看就知案情不簡單。

然而，該案並沒有目擊證人，現場找不到其他屬於女死者的物品，當年又未有監控設備，調查起來可謂困難重重。

警方第一件想搞清楚的是，遇害人到底是誰，她為何會在那裡出現？

苦惱之際，一位叫做理查德的男子到警局報案，說自己的妻子失蹤了，並遞上帶來的妻子照片，負責警員一看照片，竟是剛才在停車場發現的女死者。

女死者名叫車學慶（Theresa Hak Kyung Cha），去世時三十一歲，是一名年輕有為的藝術家。

理查德表示自己最後見到妻子是在當日早上，她身穿紅色皮夾外衣，頭戴紅色貝雷帽，手執一個印有大都會博物館印章的手提袋出門上班。他們約好了在當日下午五時在帕克大廈門口相見，然後再一起參與朋友聚會。然而，他因臨時有事而遲到，到達後沒見到妻子就以為妻子已先行離去，於是便獨自前往聚會地點。到達聚會後仍沒見妻子身影，理查德當時沒有想太多，只以為妻子提早回家休息而已，便逐

自在聚會中逗留了數小時。回家後，理查德發現妻子不在家中，怕她出意外，便決定到警局求助。

警方當時並不太相信理查德的話，一來認為當中太多巧合和理所當然，二來是不少謀殺案中的女死者都是被男伴所殺害。不過，警方亦暫時缺乏證據，所以未有將理查德當成嫌犯，而是先派人前往車學慶的工作地方調查，而據車學慶的同事指，車學慶當日有如常上班，並於約四時半時下班離開，臨行前有提過自己會出席朋友聚會。警方判斷車學慶很有可能是在前往帕克大廈途中或在帕克大廈遇害，遂派人前往帕克大廈調查，可惜並無什麼發現。

有見及此，警方開始將調查重心放在理查德身上，正如先前提到，不少女受害人也是死於男友或丈夫手下。

理查德表示他們夫妻和睦，沒有爭執，亦沒有得罪任何人。

這麼一來，會跟錢銀有關嗎？警察認為像理查德和車學慶這種藝術家，在走紅前大都窮困潦倒，會不會是有錢銀爭拗。

理查德解釋，雖然他們是藝術家，但都有正職，他是攝影師，車學慶在博物館的設計部上班，亦有開班教授攝影，

生活不成問題。而且就在車學慶遇害前幾天，車學慶所寫的一部長篇小說獲得出版社青睞，將會為她出版成書，到時將會有一筆可觀的收入，他們根本沒在為錢煩惱。

警方雖然對理查德的話半信半疑，但見他臉上和手上一點傷痕都沒有，又減掉幾分嫌疑，因為死者看來在死前經過激烈掙扎，若真是理查德下毒手，很難完全沒有留下傷痕。

警方查來查去，毫無進展，只得出停車場應該不是第一案發現場這個結論。

夢中線索

案發一個月後，又有人為警方帶來重要線索，這次來的是車學慶的母親。她指自己做了一個夢，夢中見到女兒車學慶親口告訴自己有關案件的線索，說自己在帕克大廈的地下層，還提供了777這組數字。她夢醒後覺得是女兒託夢給她，跟家人商量後便決定跑到紐約一看究竟。

車學慶的家人來到帕克大廈的地下層，按車學慶於夢中的提示尋找，發現每根柱子上都有編號，未幾竟真給他們找到編號777的柱子，就在柱子的附近果然發現屬於車學慶的物品，包括她的鞋、帽和銀包，地上還有一灘已經乾涸的血跡。

雖然車學慶母親獲得情報的過程難以置信，但她找到車學慶的物品和血跡確是事實，警方即大為重視，馬上派人跟進。好巧不巧，警方之前已搜查過帕克大廈兩三次都一無所獲，原來正正是漏了檢查地下層，在這方面警方確有疏失，幸好證物還在，要不然只怕車學慶沉冤難雪。

警方研判帕克大廈地下層就是第一肇事現場，由於只有相關人士才能進入地下層，警方於是便針對帕克大廈的工作人員進行調查。警方發現當時帕克大廈正在進行改造工程，有很多不同的工人出入，要逐一調查的話頗費周章，於是便決定先從證物著手縮窄範圍。

警方請理查德協助從車學慶的遺物中看看有沒有什麼不見了的，因為警方知道不少兇手喜歡從死者身上拿些東西作紀念品，又或順手牽羊一些值錢的東西。

理查德仔細研究後發現遺物當中少了杖戒指和印有大都會博物館標誌的手提袋。

警方憑此收窄範圍，果然很快就斬獲重要線索，一名保安指案發當晚留意到新來的同事祖爾（Joey Sanza）曾經拿著一個印有大都會博物館的手提袋，還戴著一隻款式怪異的戒指，他之所以記憶猶新，是因為當時他還嘲笑對方戴女人戒指。

祖爾不單沒有反唇相譏，而是一言不發的馬上離開。

警方認為祖爾嫌疑極大，立即找來他的上司，首先翻查他的上班記錄，發現祖爾在事發當日五時守在帕克大廈大門，很有可能就是當時與車學慶遇上。其上司還指出，當日祖爾於五時半藉口要外出完成一些清理工作，開走了公司的麵包車，卻於十分鐘後折返並說已經完成，但上司認為他撒謊，指該工作不可能於十分鐘完成。更奇怪的是，翌日祖爾無故曠工，未幾更離職而去，連薪水都不要就匆匆離開，之後再無人聯絡得上他。

警方認為祖爾明顯是畏罪潛逃，翻查記錄更發現他是個慣犯，檔案厚到不得了，但這幾年他改過很多不同名字，又擅長偽造身份，一時間也拿不住他，只有發出通緝令，碰碰運氣。

半年後，紐約警方收到佛羅里達那邊的警察通知，祖爾因其他罪案而落網了，紐約警方遂派人過去盤問祖爾，然而他卻全盤否認。警方有試過用不同方法旁敲側擊，但祖爾這個慣犯早學會如何跟警察打交道，任警察怎樣盤問也問不出個所以然。就算警方突然拿出那枚戒指的照片，祖爾雖然瞪大雙眼，面色微變，但依然保持冷靜，守口如瓶。

祖爾雖然不認，但警方已經認定了他，認為當日車學慶到帕克大廈找丈夫時，被守在大門的祖爾相中，然後等到車學慶落單時，把她劫持到地下室施暴，兩人起了激烈爭鬥，車學慶最後不敵，被祖爾用隨身警棍打死。完事後，祖爾拿走了車學慶的戒指和手提袋，再用公司的麵包車把屍體載到附近的停車場棄置。

　　警方決定向祖爾提出起訴，奈何第一、二次都因為證據不足而罪名不成立。直至一九八七年進行第三次審訊，祖爾的其中一名女友站出來指證他曾經親口承認殺了車學慶，這才終於成功讓他入罪，因二級謀殺及其他罪行判上二十五年至終身監禁。

　　這宗案件，幸而車學慶母女同心，成功託夢才得以伸冤，要不恐怕只能石沉大海了。

名氣靈媒測不準
未料竟惹殺身禍

常言道「能醫不自醫」，這的確是很多人的寫照。

做靈媒的、占卜的、算命的總為人透視未來，但又能預測到自己的不幸嗎？

記得香港著名玄學家楊天命的辦公室曾經發生過小火災，有記者問他：「楊師傅，你算不到自己會有火劫的嗎？」大有要拆招牌的味道。

楊天命也非省油燈，只見他微微一笑，輕鬆接招：「當然算到，你不見我辦公室已放了些沙桶作防火措施嗎？這才沒釀成大禍啊！」

真是高招，人生中有些劫難是避無可避的，若能及早知道，就想辦法好好應付，將傷亡減到最低，也算是傑出的一手。

事發在美國加州的威斯敏斯特，這是一個很多越南移民

●靈媒哈德

聚居的地方，當中包括靈媒哈德（Ha Jade Smith）和她的女兒安妮塔（Anita Nhi Vo）。哈德是土生土長越南人，以難民身份去到美國，起初生活窮困艱難，後來重操故業，當起靈媒，她的服務範圍很廣，又識畫符、又識算命、又識施咒，主打亞洲人市場，事業一帆風順，收費亦水漲船高，據說只是唸個咒語就收六千美元，個人面談最高可上萬元。

2005年4月22日晚，一名青年報警指懷疑哈德母女兩人在屋內出意外了。報警的是安妮塔的男友，他最近在哈德的反對下正與安妮塔鬧分手，他為了獻殷勤就買了一袋零食放在門外給安妮塔，然而由朝早放到晚上依然原封不動，他靠近門外完全聽不到裡面有人聲，致電女友時聽到屋內傳出手機鈴聲卻無人接聽，認為十分可疑，於是報警。

警方破門而入後，發現屋內一片狼藉，到處都是被搜略的痕跡，屋內燈光昏暗，四周放滿神像，在神檯紅光映照下氣氛詭異。警員終於在廚房發現了哈德的屍體，但她的死

狀怪異，是以脆拜的姿勢俯伏在地，而且全身被潑上白色油漆，令人聯想到會不會是在進行什麼神秘的儀式⋯⋯

未幾，安妮塔的屍體亦被人在洗衣房發現，呈大字型躺在地上，雙眼被毛巾覆蓋，同樣被白色油漆淋滿全身。

到底在她們身上發生了什麼事？

警方封鎖現場調查，在屋內找到了一個血腳印，兩柄疑是殺人兇器的利刀，浴室有使用過的痕跡，屋內值錢的東西幾乎被洗劫一空，難道是劫殺？但劫殺的話為什麼要把屍體弄成那個樣子？實在令人摸不著頭腦。

警方認為兇手很可能是母女的熟人，在她們同意下入屋，而且事先沒有準備兇器，而是臨時起意殺人。

第一個嫌疑人是安妮塔的男友永川，但經法醫推定兩名死者的死亡時間後，永川在該段時間有不在場證據，所以很快就把他排除在外。

在警方封鎖現場調查時，他們發現人群中有一名手上綁著繃帶的男子興致勃勃的在探問案情，而且他的鞋上亦沾有白色油漆。警方立即將所有注意力都放在他身上，因為有很多兇手殺人後都不會逃得遠遠，反而會在兇案現場附近徘徊，打聽進度之餘，也會欣賞和回味自己的傑作。

這名男子叫做拉里，面對警方的盤問，他解釋自己是名維修工，跟哈德是朋友，之前曾到哈德家幫忙維修，所以見她家有事發生才好奇探問，而且感到十分震驚。至於手上的傷痕，是幾日前工作時被釘子劃傷的，鞋上的油漆則是近日粉刷房子時沾上。

由於過於巧合，警方並未輕信他的解釋，認為不少維修工人也會有屋主的備用鑰匙，他絕對有可能潛入屋內犯案，於是要求他留下DNA採樣後才讓他離去。

警方也有想過是強盜劫殺，因為幾年前哈德家曾遭人入屋搶劫，最後她雖然認出匪徒，但警方因證據不足而放人。會不會是那幫匪徒食髓知味？又或者想找哈德尋仇？

然而，DNA的檢驗結果卻把警方的猜測都推翻，在兇器上找到的懷疑是兇手留下的DNA，與永川、拉里和先前那些劫匪都不匹配，兇手到底是誰？

復仇計劃

正當警方一籌莫展之際，兇手很快就露出了馬腳，警方發現有人正在使用哈德的信用卡購物，起初先試水溫只買了一樣東西，警方為免打草驚蛇沒有拆穿，那人見盜刷通行無

阻，遂大起膽來，瘋狂購物，於是很快就被警方掌握行蹤，通過監控錄像，知道了她的廬山真面目。

這名嫌疑人叫做譚雅（Tanya Jaime Nelson），對於警方的盤問顯得極不合作，又聘請律師與警方角力，警方一時間問不出什麼跟兇殺案有關的情報，頂多告她盜用信用卡。不過，這總比沒有好，警方以盜用信用卡的罪名暫時拘留她，並要求搜查她的住所，並發現了哈德和安妮塔的身份證和其他信用卡，而且還有一位名為菲利普的人的護照。警方發現這位菲利普曾與譚雅一同前往加州，而且經常一起行動，很大機會和她一同犯案。

警方立即找來菲利普問話，相對譚雅，菲利普十分合作，並與警方達成協議，以獲得輕判為條件坦白一切。

原來譚雅是哈德的熟客，甚至可以說是信徒，事無大小都要先問哈德的意見，而且對她深信不疑。

譚雅已婚，卻與丈夫的弟弟有姦情，困擾著要不要離婚後跟叔仔再婚，在此事上問哈德意見，哈德為她作占卜，結果顯示她和叔仔能開花結果。譚雅於是下定決心離婚，打算與叔仔一起。未料離婚後兩人未能相宿相棲，叔仔更為了避開他而遠走到北卡羅萊納州去。

譚雅為了挽回感情想要去追，於是又問哈德，占卜結果顯示追過去是好選擇，能收獲事業和愛情。譚雅見有哈德加持，便拋下一切追到北卡從新開始，又在北卡置產，又重新經營她的成人用品店。可惜的是，她在北卡的事業發展得並不順利，她為此竟然經營起色情事業，操縱幾名男女進行賣淫，而她就是在這時認識菲利普。

　　菲利普已娶妻並育有子女，看似大好家庭，但其實菲利普喜歡暗地裡找男妓，亦因此認識了譚雅。

　　譚雅來到北卡事業不順也就算了，更讓她大受打擊的是箍煲不成，愛人最終和她斷絕來往。譚雅開始將一切歸咎於哈德，並開始籌劃復仇計劃，但她深知只得她一人難以成功，於是便以公開其同性戀身份威脅菲利普，並以介紹同性戀人給他誘之以利，成功拉攏菲利普成為幫兇。

　　事發當日譚雅如往常般預約哈德占卜，更預留了她一整天的時間，到場後不動聲色，還與哈德閒話家常，然後趁哈德泡咖啡時，從廚房拿起了利刀從她身後猛刺。安妮塔聽到母親慘叫，下樓後與譚雅纏鬥，最後被與譚雅同來的菲利普刺死。

　　由於譚雅渾身是血，於是到浴室洗刷，菲利普由於過份緊張，清洗完兇器後竟忘了帶走。

至於譚雅為什麼要向屍體潑上油漆，她由始至終都不肯交代；安妮塔之所以被毛巾矇著雙眼，據菲利普說是因為她死不瞑目，他感覺被瞪視，所以覆上。

譚雅最終一級謀殺罪成被判死刑，是加州史上第二位女死囚；菲利普同樣一級謀殺罪成，但因為與警方合作以及有悔意，被判廿七年至終身監禁。

這宗案件雖然沒有靈異情節，但筆者還是決定收錄在此，深覺今時今日靈媒還真不易做，推測得準隨時被警方當兇嫌，占卜得不準隨時惹來殺身之禍。

筆者一而再，再而三的勸大家，靈媒之言，真有幫助的但聽無妨，但好似譚雅般發現她一次不準、兩次不準，不對勁時就要適可而止了，因為要為自己的決定負上責任的，最終也是你自己。

後記：兇殺案後的靈異事

筆者寫書前做了不少資料搜集，有些案件的靈異事件發生在兇殺案之後，又不涉破案關鍵，決定來到這書最後的最後才跟大家分享。

案發於二十年前，在當時的台灣十分哄動，因為兇手足

足斬了死者一百七十六刀。

是的，你絕對無看錯，的確是一百七十六刀，真係斬到手都軟，刀也崩。

因何事有如此血海深仇？原是為了一個「情」字。

兇手名叫王偉鴻，是富二代，有天去家樂福購物時認識到在裡頭工作的張雅玲，一見傾心，展開熱烈追求。

張雅玲也有應約跟王偉鴻外出過幾次，卻有感兩人性格不合，最終拒愛。

王偉鴻暗忖自己是富二代，花了那麼多心機、時間和金錢去追求女生，哪有追不到的道理？或許感覺面子掛不住，惱羞成怒，竟然在翌日駕駛他的白色賓士房車到張雅玲家樓下埋伏。

據張雅玲的家姐憶述，張雅玲那朝早原本還高高興興的去上班，豈料甫出門便見到王偉鴻。王偉鴻想抓她上車，張雅玲死命不從，哪想到王偉鴻一怒之下竟會駕車撞向她呢？

王偉鴻駕車撞倒張雅玲之後，還在光天化日之下將重傷倒地的張雅玲抬起放入車尾箱。王偉鴻逃離現場，中途在確認張雅玲是否仍有呼吸時，張雅玲原來未死還激烈反抗起來，最終被王偉鴻以西瓜刀劈死，頸項幾乎被斬斷，頭顱差

點就與身軀分離。

由於王偉鴻在光天化日下犯案，目擊者眾，紛紛報警。

警察到場後，在附近挨家挨戶偵查，這時張雅玲的家姐剛巧出門，聽畢警察講述發生何事後，立刻聯想到出事的是張雅玲，因為張雅玲有向她提過王偉鴻追求自己，而對方的座駕正正是一輛白色賓士，而他倆最近鬧得不愉快，所以幾乎可以肯定是王偉鴻所做。加上事發後留在現場的鞋同袋，她一眼就認出是屬於張雅玲的，就更加肯定是妹妹出事了。

警方聽罷馬上嘗試聯絡王偉鴻，卻遲遲聯絡不上，到案發後一個鐘，警方接到一名剪草工人報案，就在離事發地點不遠的一個草叢發現女屍，而且下半身赤裸，血肉模糊，死狀恐怖。

警方通知張雅玲家姐到場認屍，確認死者為張雅玲。

因應之前張雅玲家姐的證供，警方馬上前往王家緝拿王偉鴻，可惜他並不在家。一度失蹤的王偉鴻，兩小時後才在他哥哥的陪伴下到警局協助調查。

留意，他不過是來「協助調查」，並非「自首」，真是一個人渣，事已至此還想推卸責任，一副事不關己的模樣，大概在消失的這段時間，與律師什麼的「研究案情」吧！

王偉鴻辯稱他的白色賓士在事發前一晚被偷，他對案件毫不知情，一切與他無關。

但有眼利的警員發現他的運動鞋上留有血跡（作者按：你想推卸責任至少先把鞋換掉吧？消失那麼久是幹什麼的啊？），而且雙手亦有刀傷。於是警察就對他進行採樣，結果在他的指甲和鞋上都驗出血跡反應，再翻查監視器，確認當天早上把車駛走的人確是王偉鴻，他的所謂證供根本一派胡言。

直至王偉鴻被警方問得無從辯駁，始不情不願的承認事情與他有關，但就不斷淡化自己罪行，例如指雙方爭執後自己其實只想駕車離開，但就不小心撞倒張雅玲。而把她撞傷後本來想送對方去醫院，但張雅玲上車之後與他爭執，還拉他的方向盤，他在苦無辦法之下才將她放進車尾箱云云。

王偉鴻不單把警察當低能兒，還把附近所有街坊都當成瞎子，明明有大量證人親眼目睹他在撞倒張雅玲後，張雅玲已經無力反抗，然後被他立即放入車尾箱，他還敢撒這樣的謊，真是恬不知恥。

由於太多目擊證人指出張雅玲當時已失去意識，王偉鴻即時被打臉，所以又改口供，話的確係將對方放進車尾箱，當時以為張雅玲已經返魂乏術，就打算前往棄屍，豈料去到

棄屍地點打開車尾箱時，發現張雅玲未死，仲醒了過來，還拿起放在車尾箱的西瓜刀襲擊王偉鴻。王偉鴻聲稱自己是因自衛而奪刀，而因對方不斷掙扎，他才憤而將張雅玲殺死。

我在這作出呼籲，各位真的要多買小弟的作品來看，寫故事並非想像般容易，觀乎王偉鴻的創作，前後矛盾，不合邏輯。須知道，正常情況下為什麼車尾箱會放著一柄西瓜刀呢？看得太多《少林足球》嗎？但汽車維修員身上有板手槌子都尚說得通，但你王家又不是賣水果，而是建材商，你放柄西瓜刀在車尾箱的原因是什麼呢？

這樣荒誕的故事當然沒有人信啦！

結果，新北法院審理時，就話王偉鴻無前科，偵查中坦承犯行（他明明就連番砌詞狡辯，被人拆穿謊言才承認），有當庭請家屬原諒（但張雅玲不見得會原諒你），而且父母願意賠償死者家屬八百六十萬元，所以可免死刑，改判無期徒刑。

王偉鴻本以為自己可以逃過一死，但這個判決令好多人不滿，到案件二審時，就有人揭發他之前在看守所期間與母親會面，當時王母準備先給一筆二百萬款項張雅玲家人，豈料被王偉鴻叫停，原因是當時未有判決結果，所以叫母親等等，說如果錢賠了但死刑難免的話到時就「人財兩失」啦！

可見，這個人渣根本全無歉意，賠錢只為減刑，而不是想補償張雅玲的家人。同時，王偉鴻亦有花錢找人作偽證，希望減輕他的罪責，可惜他作故仔的能力真的慘不忍睹，謊言最終當然全部被悉破。

法庭認為他毫無悔意，改判死刑，可惜到現在都尚未執行。

不過這種人渣，就算死，都不見得會悔改。

然而，這件事仍未告一段落，接著還發生了一些靈異事。

話說那輛撞倒死者並用來搬運屍體的賓士被扣留當作證物，但每當夜闌人靜時，車尾箱就會悄悄地自動打開。起初有人發現車尾箱開了，以為不過是偶然，暗忖可能只是尾箱鎖壞了，但檢查後發現尾箱鎖根本無壞。而且這件事不是只發生過一次兩次，而是經常發生，過程甚至被監視器拍下。

難道說，張雅玲的亡魂仍然留在車尾箱裡，每到半夜就想踢開車尾箱逃走？真是這樣的話我委實替張雅玲感到難過。我也有想過，坐監根本就懲罰不了王偉鴻，若張雅玲化作冤魂夜夜纏著他就差不多。但轉念一想這對張雅玲來說也太過殘忍了，寧願她早日安息。不過，或許在王偉鴻伏法

前，張雅玲也難以安息吧！

另外，張雅玲家姐聲稱，不時見到妹妹顯靈，站在房門外低頭不語，似是有冤無路數，心有不甘。張雅玲家姐還說，該案每次開庭前，家中牆壁都會滲出血一般的紅色液體，這又會不會是冤魂的怨念所致呢？

無論是奇案又好、鬼故也好，如果覺得我講得好，除了買書之外，還可以多多分享開去，叫多些朋友買書支持，今日今日出版真的越來越難做，講都講到我口臭了。另外，如果還未買《靈異謀殺案》的話，記得買本支持我啊！

銷量有保證，才有辦法繼續出書，希望來年還有機會與大家在書海再會。

—全書完—

參考媒體：

Ettoday 新聞雲

中天新聞網

中時新聞網

東森新聞

Mirrormedia

Court TV《Psychic Detectives》

三立Live新聞

Oxygen.com

Murderpedia

New York Times

參考Youtube頻道：

大熊奇談

禁播檔案

危險人物2.0

三更研究所

重案組—台灣大代誌

台灣啟示錄

忤惡—老Z調查線

Wayne調查

作者簡介

馬 菲

見鬼作家，愛神怪，好玄奇，熱衷寫作，擅長以獨特角度描寫靈異古怪之事。

著有《黑色救護誌》、《跨鬼界 馬菲的靈異世界》、《鬼島驚奇 台灣都市傳說》、《靈異謀殺案》等述說真實靈異事件的作品；亦著有《異人》、《解靈人》、《墓靈娘》等暢銷小說。

作者　　：馬菲
出版人　：Nathan Wong
編輯　　：尼頓

出版　　：筆求人工作室有限公司 Seeker Publication Ltd.
地址　　：觀塘偉業街189號金寶工業大廈2樓A15室
電郵　　：penseekerhk@gmail.com
網址　　：www.seekerpublication.com

發行　　：泛華發行代理有限公司
地址　　：香港新界將軍澳工業邨駿昌街七號星島新聞集團大廈
查詢　　：gccd@singtaonewscorp.com

國際書號：978-988-70099-1-7
出版日期：2024年6月
定價　　：港幣118元

PUBLISHED IN HONG KONG